The Prophecy – Die Prophezeiung

von Petra A. Bauer

Langenscheidt

Berlin · München · Wien · Zürich
London · Madrid · New York · Warschau

Lektorat: Gabriele Dietz
Englischsprachiges Lektorat: Charlotte Collins
Layout: Kathrin Mosandl
Illustrationen: Claudia Flor
Umschlaggestaltung: init.büro für gestaltung, Bielefeld
unter Verwendung einer Illustration von Claudia Flor

www.langenscheidt.de

Umwelthinweis: Gedruckt auf chlorfrei gebleichtem Papier

Satz: kaltnermedia GmbH, Bobingen
Druck: Mercedes-Druck, Berlin
Printed in Germany

ISBN 978-3-468-20636-8

10010

In the **Olden** Days

*I **remember** the days when **everything** was quiet and **peaceful**, and the **Little Folk** lived happily on the **mountain**. **There was** no **sign** of the **disaster**, or that the Prophecy **would** one day **be fulfilled**.*

Die Sonnensängerinnen kündigten den beginnenden Tag im Dorf an. Der kleine Babaal hätte es niemals vor seinen Freunden zugegeben, doch er liebte ihre feinen Stimmen, und so lauschte er ihrem Gesang, wann immer er es schaffte, früh genug aus dem Bett zu kommen. Heimlich hatte er gar versucht, es ihnen gleichzutun, doch er entlockte seiner Kehle stets nur ein heiseres Krächzen. Fortan schwieg er während der morgendlichen Gesänge und genoss den Zauber, der sich friedlich auf das Dorf herabsenkte.

Wenn sich der letzte Ton in der Morgenröte verlor, war Babaal stets ein wenig traurig gestimmt. Da war es gut, dass er sich anschließend rasch mit den anderen Jungen bei Großmutter Albany einfinden musste. Sie hatte die Aufgabe, die Kleinen auf das Erwachsenwerden vorzubereiten – doch die Aussicht auf Pflichten und starre Regeln erschien ihm nicht sehr

olden alten
remember erinnere mich
everything alles
peaceful friedlich
Little Folk Kleine Volk
mountain Berg
there was es gab
sign Zeichen
disaster Katastrophe
would be fulfilled erfüllt werden würde

verlockend. Oft stahl er sich lieber in der letzten Unterrichtsstunde davon, um im Wald von den köstlichen Gasperfrüchten zu naschen.
Er hatte gerade eine der köstlichsten aller köstlichen Beeren in den Mund gesteckt, als er in der Ferne Donnergrollen vernahm. Ein Blick nach oben zeigte ihm jedoch kein einziges Wölkchen.
“Was ist passiert?”, fragte er ein Rotkehlchen, das sich neben ihm niedergelassen hatte. Er erhielt nur ein aufgeregtes Tschilpen zur Antwort, denn natürlich verstand der Vogel seine Sprache nicht, ebenso wenig wie der Junge das Tschilpen der Vögel übersetzen konnte.
Der sichtlich erschöpfte Vogel flog weiter, als könnte jede längere Verschnaufpause sein Verderben bedeuten. Andere Vögel folgten ihm in wilder Hast. Auch Wildschweine, Rehe und Hasen rasten an Babaal vorüber, Panik im Blick. Nie zuvor hatte er die Tiere des Waldes etwas Derartiges tun sehen – und er war oft hier.
Er konnte nicht sehen, was vor sich ging, und so trat er aus dem Schatten der Gasperbüsche. Er war viel zu neugierig, um Angst zu haben. Die Furcht packte ihn erst, als er die rabenschwarze Finsternis am Horizont aufsteigen sah.
Als der erste schwarze Drache seine Feuerspur in den Himmel brannte, drehte Babaal sich um und rannte ins Dorf zurück, um die anderen zu warnen.

Whirlwind

*I am very old now and I **feel** my time coming.*
*I **have to pass on** my **knowledge**.*
*I **will start** with the **Mighty Shadow** and the day the **Army of Darkness brought** disaster to our land.*

"Was ist das, Alban?"
Wenn Laura zum alten Alban ging, verschwendete sie selten Zeit auf eine höfliche Begrüßung.
Ein uraltes, in Leder gebundenes Buch. Der Einband war brüchig geworden, und auch die goldenen Buchstaben auf dem Rücken waren stellenweise schon abgegriffen, doch man konnte sie noch lesen.
Babaal's Book stand darauf.
Laura dachte, dass das Buch bestimmt genauso alt sein musste wie Alban selbst. Sein Gesicht war von tiefen Furchen und vielen kleinen Falten durchzogen. Und wie er da in seinem Sessel saß, die Schultern hochgezogen, den Kopf ein wenig vorgebeugt, erinnerte er an eine hundertjährige Schildkröte. Eine Schildkröte mit blauem Pullover, brauner Stoffhose und grauen Filzlatschen.
Sie hatte ihn einmal gefragt, wie alt er sei, und er hatte geantwortet, dass er das selbst nicht mehr genau wisse,

feel spüre
have to muss
pass on weitergeben
knowledge Wissen
will start werde anfangen
Mighty Shadow Mächtigen Schatten
Army of Darkness Armee der Finsternis
brought gebracht hat

aber dass es auch nicht wichtig sei. Laura mit ihren dreizehn Jahren jedenfalls hatte den Eindruck, er sei schon immer dagewesen. Der alte Alban wohnte im Haus nebenan und hatte sich schon angeboten, auf sie aufzupassen, als sie noch ganz klein gewesen war. Sie kannte den alten Mann nicht anders als schwer auf seinen Stock gestützt, wenn er gezwungen war zu laufen. Und das tat er selten.

Sein Haus sah aus wie eine Bibliothek. In jedem der dunklen kleinen Zimmer standen an den Wänden Regale, die bis unter die Decke reichten, sogar in der Küche. Leselampen und gemütliche Sitzgelegenheiten waren überall verteilt, doch meist saßen sie in dem kleinen Wohnzimmer, in dem ein seltsames grünes Schlinggewächs auf dem Fensterbrett stand, das Laura noch nirgendwo sonst gesehen hatte.

"Was ist das für ein Buch?", fragte Laura noch einmal, denn Alban hatte ihr nicht geantwortet.

"Eines, das ich nicht jedem zeigen würde. Man kann es nicht lesen, man kann es anschauen und hören. Aber sieh selbst ..."

Er schlug das Buch auf, und augenblicklich verdunkelte sich das Zimmer. Laura bekam es mit der Angst zu tun. Das wurde nicht besser, als ein Lichtschein von den Seiten auf Albans Gesicht fiel.

"Du musst keine Angst haben. Ich bin bei dir. Was du siehst, ist das Licht der Vergangenheit."

Langsam gewöhnten sich Lauras Augen an das diffuse Licht, das dem Buch entströmte, und sie kam Albans

Aufforderung nach, sich anzusehen, was sich auf den Seiten abspielte. Sie hatte leuchtende Buchstaben erwartet, doch im selben Moment, in dem sie hineinsah, hatte sie das Gefühl, sich mitten in einem Dorf zu befinden. In einem sehr ungewöhnlichen Dorf …

Die Sonne stand milchig-trüb am Himmel, wie an jedem Tag, seit der Große Schatten, den alle nur Mighty Shadow nannten, den Fluch über das Little Folk gelegt hatte. Seit jener Zeit war alles im Tal wie hinter einem durchsichtigen Schleier versteckt, doch die Elfen kannten es nicht anders, also störten sie sich nicht weiter daran.

Es war schon früher Vormittag, als Whirlwind erwachte. So recht konnte sie sich nicht erklären, was sie geweckt hatte. Ihre Schwester Loona war es jedenfalls nicht gewesen; sie hatte den Turm, in dem sie wohnten, schon verlassen.

Whirlwind streifte die seidene Decke achtlos von ihren Beinen, streckte sich in ihrem Bett, dem daunengleiche Seerosenblätter die nötige Gemütlichkeit verliehen, und dachte nach.

Der letzte Tag.

Der letzte Tag in Freiheit.

Heute Nacht würde sie die Adumatur-Zeremonie über sich ergehen lassen müssen, damit sie die Elfenweihen erhalten konnte, die sie fortan zu einer vollwertigen Elfe mit allen Rechten – und leider auch allen Pflichten – machten. Die Zeremonie selbst war harmlos: Die zu weihenden Elfen trugen schöne Gewänder, traditionelle Gesänge wurden angestimmt, die Trommler hatten ihren großen Auftritt – das wusste Whirlwind von früheren Feiern.

Doch für die Verantwortung, die sie dann tragen musste, war sie noch nicht bereit. Vom darauf folgenden Tag an würde auch sie sich ganz den Gesetzen des Mighty Shadow unterwerfen müssen, denen sich seit Elfengedenken alle Wesen des Little Folk am Großen See verpflichtet fühlten. Whirlwind jedoch war eine Elfe, die alles hinterfragte. Sie wusste, dass die Grußformel "**Glory to** the Shadow" eher dazu diente, Mighty Shadow milde zu stimmen. Es war gar kein Gesetz, das von ihm ausging, daher erlaubten die Dorfältesten auch, dass die Jungelfen den Gruß abkürzten.

Das würde am nächsten Tag vorbei sein. Whirlwind fand das alles überflüssig, denn so ganz mochte sie an die Existenz des Mighty Shadow nicht glauben.

"Why **should** I **obey someone** I've **never seen**? **Nobody** knows who he is. Why is this Shadow so mighty?"

"**Because of** the Prophecy", war die ewig gleiche Antwort, die sie auf ihre Frage erhielt.

Auch ihrem Freund Twister genügte diese Erklärung offenbar. "They **almost** never talk about it, and when they do, they **whisper**."

glory to gepriesen sei
should sollte
obey gehorchen
someone jemandem
never nie
have seen habe gesehen
nobody keiner
because of wegen
almost fast
whisper flüstern

Whirlwind regte seine Gleichmütigkeit in dieser Sache auf.
"They think we're babies. They never talk to us about the **important** things", empörte sie sich jedes Mal. "I **don't want to** hear their **excuses any more**! Why can't they give us an **explanation**?"
Ihre Angewohnheit, Dingen auf den Grund gehen zu wollen, hatte ihr schon so manches Mal Ärger eingebracht. Zum Beispiel an jenem Tag, als sie das Amulett berühren wollte, das Babaal an einer Kette um den Hals trug. Es war länglich, mit einem hellen Stein, geformt wie eine Mondsichel, in der Mitte, besetzt mit schwarzen Kristallen.

important wichtigen
don't want to will nicht
excuses Ausreden
not any more nicht mehr
explanation Erklärung
not ever niemals

Babaal war der älteste und weiseste Elf des Dorfes, und alle respektierten ihn – nur Whirlwind war nicht ganz so ehrfürchtig. Seltsamerweise ließ Babaal ihr vieles durchgehen, was er bei anderen längst bestraft hätte. Er hatte sie ganz offensichtlich ins Herz geschlossen. Doch an jenem Tag hatte er keinen Spaß verstanden. Er hatte ihr Handgelenk gepackt und sie mit so durchdringendem Blick angesehen, dass sie förmlich erstarrt war.
"Don't do that again! And do**n't ever** ask me about it!", fuhr er sie an, ohne darauf eine weitere Erklärung folgen zu lassen.
Aber Whirlwind wäre nicht Whirlwind, wenn sie ihn nicht noch einmal darauf angesprochen hätte.

were warst
tried versucht habe
touch berühren
amulet Amulett
told habe gesagt
if wenn
sweep fegen
marketplace Marktplatz
by yourself allein
freedom Freiheit

"Babaal, why **were** you so angry when I **tried** to **touch** your **amulet**?"
"I **told** you never to ask me again! **If** you don't do as you're told, you'll have to **sweep** the **marketplace**. **By yourself**!"
Das hatte sie nun von ihrer Neugier: eine Woche Fegedienst!
Doch das war nichts gegen die Verantwortung, die man ihr aufbürden würde, wenn sie erst einmal als vollwertige, erwachsene Elfe galt. Schon morgen würde die Freiheit ihrer Kindheit vorbei sein.
"My last day of **freedom**!", wiederholte Whirlwind laut und setzte sich so schwungvoll auf, dass die Seerosenblätter nur so um sie herumwirbelten. Sie würde sie später aufsammeln müssen, falls Loona das bis dahin nicht für sie erledigt hatte.
Sie streckte die Arme und glättete ihre schillernden Flügel vom Ansatz am Schulterblatt bis zur Spitze. Sie staunte jedes Mal aufs Neue, wie kühl und zerbrechlich sich ihre Schwingen anfühlten, und bedauerte, dass sie zum Fliegen nicht taugten. Die Legende sagte, dass ihre Urahnen Marvilon und Marian nicht einmal Flügel besessen hatten.
Marvilon, so hieß es, sei ein sehr zierlicher Menschenmann gewesen, und Marian – nun, niemand wusste, was sie eigentlich gewesen war. Nur dass sie wunderschön gewesen sein und magische Kräfte besessen haben sollte.

Doch fliegen konnte auch sie nicht. Whirlwind wusste nicht, ob sie das glauben sollte, doch so war es überliefert. Sie fuhr noch ein letztes Mal über ihre Flügel und stand schließlich auf, um sich ihr erdfarbenes Kleid überzustreifen. Barfuß, wie sie war, verließ sie den Turm. Sie wollte zu Twister.

Babaal

Once upon a time*, there were two brothers, Gawaloin and Marvilon. I* ***must*** *tell their story, because if I do not, all my knowledge will be* ***lost****.*

Die Elfen vom Großen See waren eigentlich ein recht furchtloses Völkchen. Das Einzige, was ihnen Angst machte, waren die Legenden um den Mighty Shadow. Man erzählte sich, er wäre schuld daran, dass sie vor vielen hundert Jahren durch den großen Wald hatten fliehen müssen. Manche sprachen von einem großen Kampf, andere behaupteten, das Little Folk sei geflohen, weil eine unbekannte Macht alle Elfen willenlos gemacht hätte. Wieder andere beschworen Bilder eines großen Infernos herauf, angefacht durch tausende schwarzer Drachen aus der Armee des Mighty Shadow, die mit ihren großen Schwingen den Himmel verdunkelt und Feuerbälle auf die Fliehenden geschleudert hatten.
Der weise Babaal war nunmehr der Einzige, der die Gerüchte bestätigen oder abstreiten konnte, doch er hüllte sich in Schweigen. Vielleicht wäre alles ganz anders gekommen, wenn er sein Wissen früher geteilt hätte. Doch er hatte keine Veranlassung gesehen, den anderen Elfen mehr als nötig über die Prophezeiung und die Geschichte ihres Volkes zu verraten, weil er sie nicht beunruhigen wollte. Er

once upon a time es war einmal
must muss
lost verloren

glaubte, dass keine weitere Gefahr für das Little Folk bestünde, solange sich alle an die Regeln hielten.

Babaal lebte mit den Kindern und Kindeskindern derer, die die Nacht des Schreckens überlebt hatten, in einer Senke am Ufer des Großen Sees. Das Little Folk hatte sich dort nach der Flucht niedergelassen und seither ungestört hier gelebt, weil sich alle den Gesetzen des Mighty Shadow unterworfen hatten. Der Mighty Shadow tat alles, um das Elfenvolk zu unterdrücken, wenn es ihm schon nicht gelungen war, es zu vernichten. Doch die Gedanken der Elfen konnte er glücklicherweise nicht lesen, das konnte nur Babaal mit Hilfe seines Amuletts.

"I think Babaal **doesn't talk** about the **attack** because it was **worse than** we can **imagine**", sagte Whirlwind oft zu Loona. "**Otherwise** he **would have said** something **so** we would not be afraid of the Mighty Shadow."

Doch an diesem Tag hatte Whirlwind keine Zeit für derlei Überlegungen. Sie hatte es eilig, zu Twister zu gelangen, und es passte ihr gar nicht, dass Loona ihr entgegenkam, als sie aus dem Wohnturm trat.

"Glory to the Shadow. I **thought** you **would** never **get up**." Loona nestelte an dem Bündel, das sie auf dem Arm trug. Sicher verbarg sich irgendetwas für die Zeremonie darin.

doesn't talk redet nicht
attack Angriff
worse schlimmer
than als
imagine uns vorstellen
otherwise ansonsten
would have said hätte gesagt
so sodass
thought dachte
would get up würdest aufstehen

Initiation of the Elves Elfenweihe
great großer
take seriously ernst nimmst
much viel
to prepare um dich vorzubereiten
many (of) viele
will be revealed werden offenbart
become wirst
adult Erwachsene
as soon as sobald
whirl herumwirbeln
time Mal

"Glory", murmelte Whirlwind. Heute Nacht würde das Privileg, die Grußformel, die Mighty Shadow freundlich stimmen sollte, abzukürzen, der Vergangenheit angehören.
"Where are you going?"
"I'm going to look for Twister. It's his big day today, too." Whirlwind sagte es betont gelangweilt, weil sie genau wusste, dass ihre Schwester das nicht mochte. Aber Loona machte ihr keine Vorhaltungen. Sie wirkte seltsam beunruhigt. Vielleicht fürchtete sie, nicht rechtzeitig mit den Vorbereitungen für die Zeremonie fertig zu werden.
"Whirlwind, the **Initiation of the Elves** is a **great** day for you! It makes me sad when you don't **take** it **seriously**. You've learned so **much to prepare** for it, and so **many of** the things you've always wanted to know **will be revealed** to you when you **become** an **adult**."
Whirlwind sah augenblicklich äußerst schuldbewusst drein. Sie wusste, dass Loona ahnte, dass sie der Adumatur-Zeremonie und vor allem den Pflichten, die damit zusammenhingen, mit gemischten Gefühlen entgegensah.
"I'll be the perfect elf **as soon as** I'm an adult. But today, let me **whirl** for the last **time**!" Um zu unterstreichen, was sie meinte, rannte sie ein paar Mal um Loona he-

rum und schlug dabei mit den Flügeln, als könne sie wahrhaftig fliegen.
Loona lachte. Es war ihr noch nie gelungen, ihrer Schwester ernstlich böse zu sein.
“Let’s go and see Babaal”, schlug sie vor. “I have**n’t** seen Twister **yet** today. He**’s probably still asleep**. **I’ll** go and **wake** him **up**, or he’ll sleep through his own **ceremony**.”
“**Don’t worry**; Babaal will wake him up.” Or I will, dachte Whirlwind, denn sie war ja ohnehin auf dem Weg zu Twister gewesen.

not yet noch nicht
probably wahrscheinlich
still noch
is asleep schläft
him ihn
will wake up werde wecken
ceremony Zeremonie
Don’t worry. Mach dir keine Sorgen.

Gemeinsam gingen die Schwestern zu einem kleinen, verwinkelten Häuschen am Rande des Marktplatzes, nahe am Weg, der zur Großen Lichtung führte.
Die Tür quietschte, als Whirlwind sie vorsichtig öffnete. Babaal saß in einem Sessel aus Seetang-Geflecht, der mit Seerosenblättern bedeckt war. Der weiße Bart hing ihm bis auf die Brust, und seine Augenbrauen waren so buschig, dass man meinen konnte, er hätte Mühe, überhaupt etwas zu sehen. Die Haut unter seinen Augen war knitterig wie altes Pergament. Obwohl es im Haus warm war, trug er seinen brauen Kapuzenumhang, der mit einer gezackten Bordüre an den Kanten und an den weiten Ärmeln gesäumt war. Darunter waren eine schlichte naturfarbene Tunika, sein mondsichelförmiges Amulett und eine weite Pluderhose zu erkennen.

An der Wand neben Babaals Sessel befand sich ein riesiges dunkles Regal, in dem er all seine Schätze gesammelt und geordnet hatte. Es waren viele Gegenstände, die sich dort türmten, denn Babaal blickte auf ein wahrhaft langes Leben zurück. Zu jedem einzelnen Stück wusste er eine Geschichte zu erzählen. Whirlwind hatte diesen Geschichten gern gelauscht, als sie noch ein Elfenkind gewesen war. Geschichten von Riesen, die trotz ihrer Größe Mighty Shadow fürchteten. Geschichten von humpelnden Zwergen, von Wesen, die sich Menschen nannten, von Silberpferden und Woofs, fliegenden Drachen und gefräßigen Kalim – Schlingpflanzen mit angeblich riesenhaftem Appetit. Babaal wusste genau, dass Whirlwind und die anderen Jungelfen sich nie sicher waren, wie viel Wahrheit in den Geschichten steckte.

Er hatte sie oft darüber sprechen hören:

"**Did he get** the **piece** of **dragon skin** in a **fight** with one of the Mighty Shadow's black dragons? Or **did he just find** it **somewhere**?"

"The five giant's **whiskers** are probably just hairs from a Silver Horse's **tail**."

Und so weiter. Zu jedem Gegenstand fiel ihnen eine weniger abenteuerliche Geschichte ein.

Als Whirlwind in Babaals Zimmer trat, fiel ihr Blick sogleich auf den

Did he get ...? Hat er ... bekommen?
piece Stück
dragon skin Drachenhaut
fight Kampf
just nur
Did he find ...? Hat er ... gefunden?
somewhere irgendwo
whiskers Barthaare
tail Schwanz

kleinen Schrein neben den gebündelten Barthaaren, der drei wunderschöne Muscheln beherbergte: the Three **Shells** of **Wisdom**. Sie schimmerten wie die Farben der Morgenröte über dem Großen See. Babaal hatte einst erzählt, dass diese drei Muscheln keine gewöhnlichen Muscheln waren wie die, aus denen die Häuser des Little Folk gebaut waren, die sich in mehreren Ringen um den Marktplatz gruppierten, von dem ein schmaler Weg auf die Große Lichtung führte. Nein, diese Muscheln bargen ein Geheimnis. Man dürfe sie niemals trennen, sonst wäre alles Wissen verloren, das ihnen innewohne – und das war alles Wissen, das das Little Folk angesammelt hatte. Doch nicht nur dieses Wissen wäre verschwunden – das gesamte Elfenvolk wäre verloren! Es hätte keine Vergangenheit und keine Zukunft mehr. Wie sollten sie da weiter existieren?
Hielt Babaal sich die Muscheln ans Ohr, so erzählten sie ihm die alten Geschichten, oder sie berichteten davon, was kommen würde. Er konnte nie sicher sein, ob sie von der Zukunft oder von der Vergangenheit sprachen, denn auch Babaal konnte sich nicht an alles erinnern, was er in seinem langen Leben erlebt hatte. Trotzdem konnten sie helfen, die richtigen Entscheidungen zu treffen, wenn ihr Hüter auf sein Herz hörte. Nur eines war gewiss: Würden die Three Shells of Wisdom dem Mighty Shadow in die Hände fallen, könnte er mit ihrer Hilfe die Zukunft des Elfenvolks verändern und den Elfen ebenso eine falsche Vergangenheit vorgaukeln. So könnte

shells Muscheln
wisdom Weisheit

er sie zu willigen Sklaven machen, und sie würden ihm auch noch freudig dienen.
Whirlwind fragte sich, ob diese Geschichte nicht Babaals Fantasie entsprungen war, und überlegte stets, ob sie es wohl riskieren konnte, die Muscheln einem Test zu unterziehen. Doch sie hatte es noch nie gewagt. Und an diesem Tag hatte sie ohnehin ganz andere Dinge im Kopf.

this morning heute morgen
What's the matter? Was ist los?
frightened verängstigt
sure sicher
heard habe gehört
worrying beunruhigendes
noise Geräusch
as ... as so ... wie

"Have you seen Twister **this morning**?", platzte sie anstelle einer Begrüßung heraus.
"Glory to the Shadow!", sagte Loona mit einem äußerst missbilligenden Seitenblick auf ihre kleine Schwester.
"Oh, yes, glory to the Shadow. Have you seen Twister?"
Babaal deutete mit seinen knochigen Fingern auf die Tür neben seinem Sessel, und Whirlwind stürmte in Twisters Zimmer.
Der Alte wandte sich Loona zu. Sie sah besorgt aus.
"**What's the matter**, Loona? You look **frightened**."
Sie kam ohne Umschweife zur Sache.
"Babaal, did you hear the dragons last night?"
"I'm not **sure** it was the dragons. But yes, of course I **heard** it. It was a **worrying noise**, but it wasn't **as** loud **as** the dragons on the day of the attack."
Loona schauderte.

"But I don't think anybody **else** heard it, **apart from** you and **me**", fuhr Babaal fort. "**If they had**, they **would have come** to **me already**."

"Maybe nobody else heard it, but it **could mean danger**."

Loona lief hin und her wie ein Tier, das in einen Käfig gesperrt war. Dann stoppte sie plötzlich und sah Babaal so durchdringend an, als könnte sie seine Gedanken lesen und nicht umgekehrt.

"Babaal, **tell** me the **truth**: are we in danger?"

Er dachte einige Zeit nach, bevor er antwortete. Er durfte das Elfenvolk nicht beunruhigen und damit zu unüberlegten Handlungen hinreißen.

"I don't think we're in danger. For many years now the Little Folk has obeyed the Mighty Shadow in everything. I don't see why he **would attack** us with his dragons."

Ein Hoffnungsschimmer glomm in Loonas Augen.

"**So** you think everything's **all right**?"

"It was probably a **landslide** that we heard, just rocks falling down the mountain. Don't worry."

Loona lächelte freundlich, doch sie schien nicht ganz überzeugt. Nachdenklich verabschiedete sie sich. Es gab für die abendliche Zeremonie noch vieles vorzubereiten.

else sonst
apart from außer
me ich
if they had wenn doch
would have come wären gekommen
already schon
could mean könnte bedeuten
danger Gefahr
tell sag
truth Wahrheit
would attack würde angreifen
so also
all right in Ordnung
landslide Erdrutsch

Babaal schämte sich ein wenig. Natürlich glaubte er nicht daran, dass sich irgendwo rein zufällig ein Felsbrocken gelöst hatte und in einen Abgrund gestürzt war. Entweder es war nicht zufällig geschehen – dann war es ein Vorbote für Schlimmeres –, oder es war tatsächlich das donnernde Grollen der Drachen, die bei Mighty Shadow im Land hinter Gemroc lebten und sich normalerweise ruhig verhielten. Er wagte nicht zu entscheiden, welche Möglichkeit die schrecklichere von beiden wäre.

Babaal konnte zwar Gedanken lesen, wenn er sich auf die jeweilige Elfe konzentrierte und die linke Hand ganz fest um das Amulett schloss, doch hellsehen oder in die Gedanken von Mighty Shadow eindringen konnte er nicht.

Twister

Gawaloin was a big man with fire in his eyes, but his brother Marvilon was so ***slim*** *he looked* ***as if*** *the wind* ***would blow*** *him* ***away****. They lived* ***together*** *in one house, loved* ***each other*** *as good brothers do, and* ***argued like*** *brothers, too. But they were the best of friends –* ***until*** *Marian* ***came****.*

Alban hatte Mühe, die Seite zum Umblättern anzuheben – als müsste er das ganze Dorf mit umklappen. Als er umgeschlagen hatte, sah Laura Whirlwind mit Twister durch das Dorf laufen. Beide barfuß nach Elfenart, Twisters Hose auf Höhe der Waden abgeschnitten.

Seit Twister denken konnte, lebten die Elfen in der Senke am Ufer des Big **Lake**. Twister war noch ein winziger Jungelf, als er eines Morgens aufwachte und nach seinen Eltern rief.
"Mother? Father? Where are you?"
Als er keine Antwort erhielt, suchte er sie zunächst im ganzen Haus, vom Keller bis zum Dach, dann auf dem Marktplatz. Alle Elfen unterstützten ihn bei der Suche, aber Scirocca und Hurricane blieben verschwunden. Niemand hatte sie gehen sehen. Und sie kehrten nie zurück.

slim schmal
as if als ob
would blow away würde wegwehen
together zusammen
each other einander
argued haben sich gestritten
like wie
until bis
came gekommen ist
lake See

should have protected hätte schützen sollen
them sie
careful vorsichtig
Watch out! Pass auf!
just einfach
let go hat gehen lassen
didn't warn hat nicht gewarnt
hope hoffe
what about was ist mit

Babaal machte sich große Vorwürfe. "I **should have protected them**", sagte er, denn er glaubte, er hätte nicht genügend auf die kleine Elfenschar achtgegeben. Sein Gewissen quälte ihn, und so kümmerte er sich von Stund an um das Kind der beiden Windsänger. Twister wurde für ihn zu dem Sohn, den er nie gehabt hatte.
"Be **careful**! **Watch out!** Don't touch that!" – diese Ausrufe gehörten seither zu Babaals häufigsten Redewendungen. Twister konnte sich kaum daran erinnern, ob seine Eltern auch so viel verboten hatten. Auf jeden Fall ermahnte Babaal ihn weit mehr, als die Eltern der anderen Jungelfen dies taten.
"What's the matter with Babaal?", wunderte Twister sich deshalb auch am Tag der Elfenweihe, als der Älteste ihn einfach mit Whirlwind ziehen ließ. "He **just let** us **go**. He **didn't** tell us what to do or **warn** us a hundred times to be careful."
"Maybe he's ill?", sagte Whirlwind im Spaß, doch Twister blickte augenblicklich besorgt drein.
"I **hope** not. He's a very old man, much older than any of us can imagine. And Babaal is all I have."
Whirlwind verzog das Gesicht.
"And **what about** me?"
"Whirlwind, you know you're my best friend. But Babaal ... he's like a father to me."

"**Lucky you**!", gab Whirlwind grob zurück.
"Oh – I'm sorry!", sagte Twister erschrocken. Für einen Moment hatte er nicht daran gedacht, dass auch Whirlwind ohne ihre Eltern aufwuchs.
Sie wischte Twisters Entschuldigung mit einer Handbewegung beiseite. "Maybe Babaal is just letting us enjoy our last day as **young** elves. So I say, let's take our last chance to do something **forbidden**!" Whirlwind hüpfte unternehmungslustig auf und ab.
Twister zog die Augenbrauen zusammen, als fielen ihm mindestens tausend Gründe ein, weshalb er das für keine gute Idee hielt.
"Are you thinking of something **in particular**?", fragte er argwöhnisch. Schließlich kannte er Whirlwind sein ganzes Leben lang und konnte sich denken, dass ihr Vorschlag nicht aus einer spontanen Laune heraus gerade eben entstanden war. Was immer ihre Idee war, sie hatte dies vermutlich lange geplant.

Lucky you. Du Glücklicher.
young junge
forbidden Verbotenes
in particular Besonderes
well nun
are allowed dürfen
this far so weit
amazed erstaunt
them ihnen
all the way out den ganzen Weg heraus

Whirlwind grinste nur und bedeutete Twister, ihr zu folgen. Sie liefen über den Marktplatz, am Turm vorbei, und Twister sah, dass sich Whirlwind in Richtung der Kaluahaine wandte, hinter denen die Verbotene Treppe lag. "**Well**, we'**re** not **allowed** to go **this far**. The others will be **amazed** when we tell **them** we came **all the way out** here!"

Schon hatten sie die Kaluahaine hinter sich gelassen, die das Elfendorf begrenzten, und standen vor der brüchigen alten Steintreppe. Ihre Stufen, die in den Fels gehauen waren, boten nur Platz für einen von ihnen. Wollte jemand überholen, liefe er Gefahr, in den Abgrund zu stürzen. Nur einige robuste Gräser hatten sich noch zwischen den Steinen angesiedelt, über die Whirlwind jetzt scheinbar mühelos nach oben stieg.
Twister folgte ihr. Es war nicht ganz einfach, die Stufen zu erklimmen, denn Wind und Wetter hatte dem Gestein hart zugesetzt, und mehr als einmal sprangen kleinere Gesteinsbrocken unter ihren Tritten in die Tiefe.
"Whirlwind, stop! **Come back!** We're not allowed ..."
"Sometimes you **really** are a **spoilsport**, Twister. The others aren't going to **miss** us. They're all **busy** with the **preparations** for the ceremony. That's why **I've chosen** today to do something that I've wanted to do for a very long time."
Whirlwind stieg weiter hinauf, ohne sich nach Twister umzusehen. Der seufzte und kletterte ihr nach, die Ränder der Senke empor, in der das Dorf ruhte wie in einem Nest.
"**Ow!** ... Be careful!" Er rieb sich das Knie. Einer der herabfallenden Steine war gegen sein Schienbein geprallt. "Whirlwind, are you trying **to kill** me?"
Doch Whirlwind lachte nur.

Come back! Komm zurück!
really wirklich
spoilsport Spielverderber
miss vermissen
busy beschäftigt
preparations Vorbereitungen
have chosen habe gewählt
Ow! Aua!
to kill umzubringen

"Don't be **silly**! They're just **pebbles**!"
"It hurts", maulte Twister.
"I can't believe they're letting you **take part in** the Adumatur Ceremony. You're afraid of your own shadow!"
Twister hielt in der Bewegung inne.
"Whirlwind! You **just mocked** the Mighty Shadow! You know that we don't have shadows of our own!"
Whirlwind schnaufte nur verächtlich, drehte sich weg und setzte ihre Klettertour mit energischen Schritten fort. Twister sah ihr nach. Schließlich schüttelte er den Kopf, stieß einen langen Seufzer aus und folgte ihr weiter die Stufen hinauf.

silly blöd
pebbles Kieselsteine
take part in ... an ... teilnehmen
just gerade
mocked hast verhöhnt

Es wurde merklich kälter, und er wäre wirklich gerne umgekehrt, doch er wollte sich nicht schon wieder vorwerfen lassen, ein Spielverderber zu sein. Aber er bekam es langsam mit der Angst zu tun. Sie befanden sich gegenüber dem Geröllabhang, der die Elfenzuflucht von der Gegend abschirmte, die die Alten nur Gemroc nannten. Von hier sah der Abhang viel steiler aus, als wenn man vom Tal aus hinaufschaute, denn es war besser zu erkennen, wie hoch Gemroc sich auftürmte. Wie Mighty Shadow war auch Gemroc geheimnisumwittert. Die Alten sprachen möglichst nicht darüber, und bei den Jungelfen kursierten Gerüchte, die nur flüsternd weitergetragen wurden. Jede Elfe wuchs mit dem Verbot auf, jemals Gemroc aufzusuchen, aber wieso das

perhaps vielleicht
will find out werden herausfinden
meaning Bedeutung
ever je
will discover wird lüften
secret Geheimnis
anyone else sonst jemand
anything irgendetwas
only nur
has dared hat es gewagt

so war, das war den meisten Elfen nicht bekannt. Twister war sich allerdings nicht sicher, ob die Alten vielleicht doch mehr darüber wussten, als diejenigen, denen ihre Adumatur-Zeremonie noch bevorstand.

Erst vor wenigen Wochen hatte er ein Gespräch zwischen Loona und Babaal belauscht.

"**Perhaps** one day we**'ll find out** the **meaning** of the Prophecy", hatte Babaal mit schleppender Stimme gesagt. "Or perhaps nobody will **ever discover** its **secret**. Not the Little Folk, or **anyone else**."

Twister hatte Whirlwind davon berichtet.

"Do you know **anything** about the Prophecy?", hatte sie wissen wollen.

"No more than you. **Only** that it has something to do with Gemroc, and" – hier senkte er die Stimme zu einem kaum hörbaren Flüstern – "the Mighty Shadow."

"And if nobody **has** ever **dared** to go to Gemroc, we'll never find out what the secret is", hatte Whirlwind nur festgestellt und das Thema gewechselt.

Doch er ahnte, dass es damit für sie nicht erledigt sein würde. Mitunter dachte sie tage- oder wochenlang über etwas nach, um ihn dann mit irgendwelchen seltsamen Einfällen zu überraschen. Er hoffte, dies würde keiner dieser Tage sein.

Der Abstand zwischen ihnen wurde immer größer. Whirlwind schien der Aufstieg nichts auszumachen, doch Twister ging allmählich die Puste aus, und er war froh, als sie endlich oben angekommen waren.
"**What a** beautiful **view**!" Whirlwind konnte kaum den Blick von der Aussicht lösen, der sich ihnen bot. Auch Twister kam nicht umhin zuzugeben, dass es hier oben wirklich wunderschön war. Man konnte die gesamte Senke überblicken, und hinter dem Verbotenen Wald lag Gemroc, zu ihrer Rechten der Big Lake, umrahmt von einer zerklüfteten Bergkette. Die Senke selbst sah aus, als hätte eine riesenhafte Faust direkt neben dem See ein Loch in die Ebene geschlagen.
Sie standen einige Minuten dort und ließen die Landschaft auf sich wirken, dann mahnte Twister zum Aufbruch.
"We **should go back** to the others now. I **bet at least** one of them has seen us climbing the steps."
Whirlwind zuckte nur mit den Schultern.
"**So what?**"
"Maybe they **won't** let us take part in the Adumatur Ceremony and be **initiated** as adult elves!"
Doch Whirlwind schien das nicht zu kümmern.
"But that **would be** great! We'll have to wait **another** year, and we won't have to **behave** like adults!

what a was für eine
view Aussicht
should go back sollten zurückgehen
bet wette
at least mindestens
So what? Na und?
won't werden nicht
initiated eingeweiht
would be wäre
another noch (ein)
behave uns benehmen

go down hinuntergehen
You don't really mean that. Das meinst du nicht im Ernst.
Bye! Tschüs!
See you later! Bis später!
most stubborn dickköpfigste
get into trouble in Schwierigkeiten geraten

Come on – let's **go down** to the lake!"

"**You don't really mean that!**"

"Why not? I've heard so many stories about how beautiful the Big Lake is, and now I want to see it with my own eyes."

Dabei drehte sie sich um, lief ein Stück vom Rand der Senke weg und suchte sich einen Weg durch das dichte Gestrüpp.

"Whirlwind, wait! You can't do that! I'm going back!"

Twister stellte einen Fuß auf die oberste Treppenstufe, bereit zum Abstieg. Falls er jedoch gehofft hatte, seine Freundin damit umstimmen zu können, hatte er sich gründlich geirrt.

"**Bye! See you later!** ", trällerte Whirlwind fröhlich aus der Ferne.

Twister sah ihr fassungslos nach.

"Whirlwind, you are the **most stubborn** person I know", murmelte er. "If we **get into trouble**, I'll kill you!", fluchte er dann und rannte seiner Freundin hinterher.

The Big Lake

Marian was the loveliest ***creature*** *the world* ***had*** *ever* ***seen****. Her* ***skin sparkled*** *in the sunlight, and there were always butterflies* ***around*** *her. Gawaloin and Marvilon* ***fell in love with*** *her, and she* ***couldn****'t* ***decide*** *between them. A magician* ***had given*** *Gawaloin the rich land of Gemroc, and he tried to win Marian's* ***heart*** *with its* ***diamonds*** *and* ***jewels****. But Marian didn't want them.*

Das Gestrüpp ging allmählich in Grasland über, und so wurde es für die beiden Jungelfen leichter, einen Fuß vor den anderen zu setzen.

Twister ärgerte sich gewaltig über das triumphierende Lächeln, das Whirlwinds Mund umspielte, als sie merkte, dass er neben ihr her lief. Er war außer Atem und sehr wütend.

"This is a big mistake, I'm telling you!", sagte er, doch Whirlwind reagierte nicht darauf.

Er konnte sie durchaus verstehen. Auch er hatte Sehnsucht nach dem See, den man ihnen immer nur beschrieben hatte und den keiner der heute lebenden Elfen gesehen hatte, weil es ihnen verboten war, die

creature Geschöpf
had seen gesehen hatte
skin Haut
sparkled glitzerte
around ... um ... herum
fell in love with ... haben sich in ... verliebt
could decide konnte sich entscheiden
had given hatte gegeben
heart Herz
diamonds Diamanten
jewels Juwelen

Senke zu verlassen. Außer Babaal natürlich, er hatte alles gesehen. Er war der einzige Überlebende der legendären Flucht. Alle anderen waren längst gestorben, und niemand wusste, weshalb Babaal noch am Leben war. Babaal war auch der Einzige, der sich an den Anblick des Big Lake erinnern konnte und an alles, was geschehen war, bevor das Little Folk durch den Wald geflohen war. Doch anstatt ihnen den See wenigstens von Weitem zu zeigen, war alles, was sie von ihm zu hören bekamen: "It is **strictly forbidden** to **leave** the **valley** and go to the Big Lake!"
Weder Twister noch Whirlwind hatten je begriffen, weshalb sie die Senke nicht verlassen sollten. Die anderen Elfenkinder wunderten sich auch. Doch sie sagten nur: "So what? **We don't mind.**"

strictly streng
forbidden verboten
leave verlassen
valley Tal
We don't mind. Es macht uns nichts aus.
exaggerates übertreibt
bit bisschen
true wahr
some manche
hiking stick Wanderstock

Doch Twister und vor allem Whirlwind waren neugieriger. Und dass die Gefahren, von denen Babaal sprach, tatsächlich so bedrohlich waren, konnten sie sich nicht vorstellen.
"I think Babaal **exaggerates** a **bit**. I don't believe all his stories are **true**. Maybe **some** of them, but not all of them", hatte Whirlwind erst vor Kurzem zu ihm gesagt.
Twister blieb stehen, als er einen langen, geraden Ast am Wegesrand liegen sah.
"Look, Whirlwind! A perfect **hiking stick**!", rief er ihr zu.

"Oh, yes! Where's mine?"
Twister fand im Gras ein Stöckchen und überreichte es Whirlwind, die sich tief bücken musste, um mit dem unteren Ende überhaupt den Boden zu berühren. Einige Meter hielt sie es durch, so affig zu laufen, dann ließ sie sich lachend auf den Boden fallen.
"You are so **stupid**!", sagte Twister, doch er meinte es nicht wirklich so, denn er lachte ebenfalls, als er ihr aufhalf.
Als sie endlich am Ufer des Sees anlangten, waren alle Gedanken an die Konsequenzen, die sie erwarteten, wie ausgelöscht.
"It's beautiful", flüsterte Whirlwind andächtiger, als Twister ihr das zugetraut hätte, und er konnte ihr nur zustimmen.
"It's the **most wonderful place** I've ever seen."
Das Ufer bestand aus weißem Sand, so weit man nach rechts und links blicken konnte. Das Wasser kräuselte sich leicht an der Oberfläche, als ein leichter Windstoß darüber hinwegwehte, doch ansonsten war der See eine einzige glatte Fläche, die das milchige Blau des Himmels und die gezackten Gipfel der gegenüberliegenden Bergkette spiegelte.

stupid doof
most wonderful wunderbarste
place Ort

Twister genoss das Gefühl feuchten Sandes zwischen seinen nackten Zehen und zuckte ein Stück zurück, als eine vorwitzige Welle sich an seinen Fuß heranwagte.
"Oh, it's cold!" Erschrocken sprang er einen Schritt zurück und fiel dabei in den Sand.

"Don't be silly! **Pull yourself together** and come **over there** with me. Come on – it'll be fun!"
Whirlwind hatte einige größere, flache Felsen entdeckt, die im Zickzack auf den See hinausführten wie ein löchriger Steg aus Steinen. Vorsichtig kletterte sie auf den ersten, der noch ganz nah am Ufer im seichten Wasser lag. Als sie merkte, dass sie sicher stand, brachte sie ein großer Schritt weiter zum nächsten.
"Come on! It's great!"
Sie drehte sich zu Twister um und winkte ihn heran.
"But it's dangerous!", rief Twister. Ich höre mich an wie ein Baby, dachte er dann.
"You **sound just** like Babaal. Why don't you stop telling me to watch out and come and have fun?"
Twister betrachtete den friedlich daliegenden See. Vielleicht hatte Whirlwind recht und er stellte sich zu sehr an. Alles sah ganz harmlos aus. Vielleicht waren das alles nur Geschichten, was Babaal ihnen erzählt hatte? Vorsichtig setzte er seine Füße ins seichte Wasser und erklomm den ersten kleinen Felsen.
"Great!", lobte ihn Whirlwind. "Come on! The lake's **completely calm.**"
"Okay", erwiderte er und ärgerte sich darüber, dass seine Stimme zitterte.
Der nächste Schritt war kein Problem; die vorderen Felssteine lagen noch nah beieinander. Doch Whirlwind

Pull yourself together. Reiß dich zusammen.
over there da rüber
sound klingst
just genau
completely vollkommen
calm ruhig

hatte schon größere Entfernungen zu überwinden und schickte sich an, noch weiter hinauszuhüpfen.
“Be careful!”, jammerte Twister, der sich plötzlich nicht mehr sicher war, ob die Warnungen seines Ziehvaters nicht vielleicht doch begründet waren. “Remember, Babaal has seen with his own eyes what can **happen** in the Big Lake! He can’t **have made** everything **up**!”
Doch Whirlwind hörte nicht auf ihn. Sie sprang zur nächsten Klippe und schwankte bedrohlich, fing sich aber wieder.
“Please, Whirlwind, come back! It’s dangerous! Let’s have fun **down** here on the **shore**!” Twisters Stimme überschlug sich. Weshalb hatte er Whirlwind nur ihren Willen gelassen!
“Don’t be **such a** spoilsport!”
Whirlwind setzte zum Sprung auf den nächsten Felsen an, der aus seiner Perspektive ziemlich weit entfernt zu sein schien. Twister sah sofort, dass es nicht reichen würde. Whirlwinds Fußspitze traf auf den Stein – und rutschte ab.
“Aaargh! **Help!**”
Sie ruderte mit den Armen und flatterte in wilder Panik mit den Flügeln, doch es nützte nichts. Sie landete im Wasser.

happen geschehen
have made up sich ausgedacht haben
down unten
shore Ufer
such a so ein
Help! Hilfe!

Dass Elfen nicht schwimmen können, war eine Sache. Die grünen Fangarme, die einige Sekunden später nach ihr zu greifen begannen, waren eine ganz andere.

"Whirlwind! It's the Kalim! They're attacking you! Oh no, why didn't I stop her?", rief er und fuhr sich mit beiden Händen durch die Haare, als wollte er sie ausreißen.

Weshalb hatte er sie nicht aufgehalten, weshalb hatte er überhaupt an Babaals Warnungen gezweifelt?

Wenn Babaal sagte, dass Kalim im Big Lake lebten, schleimige Wesen, die praktisch nur aus langen, grünen Fangarmen und einem riesigen, gefräßigen Maul bestanden – weshalb hätte er sich das ausdenken sollen?

what on earth was um Himmels willen

"Whirlwind! Don't worry! I'll help you!", rief er seiner wild um sich schlagenden Freundin zu und rannte durch das seichte Wasser zurück zum Strand, ohne wirklich einen Plan zu haben. Whirlwinds Hilferufe brandeten auf und brachen immer wieder ab – je nachdem, ob die Kalim sie unter Wasser zogen oder wieder locker ließen.

Es war, als spielten sie mit ihr oder probierten aus, wie viel sie aushielt.

"I'm so stupid! What can I do? They'll kill me too! **What on earth** do I do?"

Tränen liefen Twister über das Gesicht. Er zwang sich, nachzudenken, was ihm angesichts der Gefahr, in der sich Whirlwind befand, nicht leicht fiel. Was würde Babaal an seiner Stelle tun?

Es gelang ihm tatsächlich, sich an den Tag zu erinnern, an dem er Babaal über die Kalim ausgefragt hatte ...

"Babaal, did the Kalim really attack the elves who **went swimming** in the Big Lake?"
"Yes, Twister. They attacked them, and some of them **died**."
"**Could**n't you **save** them?"
"We did save some of them. We **tricked** the Kalim by throwing stones into the lake. They're very **greedy**, and they thought the stones **might be** new **prey**. They **went** to look for them where the stones **fell** into the water, and **while** they were **distracted** we **pulled** the **other** elves **out**."

went swimming schwimmen gegangen sind
died sind gestorben
could save konntest retten
tricked haben ausgetrickst
greedy gierig
might be könnten sein
prey Beute
went gingen
fell gefallen sind
while während
distracted abgelenkt
other anderen
pulled out haben herausgezogen
hit treffen
slimy schleimigen

Steine! Twisters Blick wanderte den weißen Sandstrand auf und ab. Die einzigen Steine, die er entdecken konnte, lagen im Wasser – ganz in der Nähe von denen, auf denen er balanciert war. Sie waren zum Glück kleiner, er konnte sie aufheben und werfen.
"I have to be careful not to **hit** Whirlwind!", sagte er zu sich selbst, als er zwei Steine in den Händen wog, bereit, zu werfen. Doch wohin? Inmitten der Kalim war Whirlwind nur schwer auszumachen. Er musste rasch handeln, und konnte sich nur daran orientieren, wo die meisten grünen Arme aus dem Wasser aufstiegen.
"Take that, you **slimy** monsters!", schrie er und warf den ersten Stein in den See. Es war schwierig zu erkennen,

is working
funktioniert
have eaten
haben gefressen

ob die Aktion einen Effekt hatte, denn die Wasseroberfläche brodelte förmlich, so zappelten die Fangarme. Twister warf einen zweiten Stein, diesmal weiter nach links, und gleich noch einen hinterher. Er sammelte weitere Steine auf und steckte sie sich in die Hosentaschen. Dann kniff er die Augen zusammen, das nächste Geschoss zum Wurf bereit.

"It's **working**! Mighty Shadow – it's working!"

Die zappelnden Fangarme bewegten sich tatsächlich weiter nach links hinüber, weil die Kalim glaubten, dort sei neue Beute ins Wasser gefallen. Zumindest waren sie jetzt ein Stück weg von Whirlwind – beziehungsweise von der Stelle, wo sie eben noch gewesen war.

"Whirlwind! Where are you?", brüllte Twister verzweifelt. "Oh, Mighty Shadow – the Kalim **have eaten** her!"

Doch da sah er auf der Wasseroberfläche etwas schillern. Das mussten Whirlwinds Flügel sein!

Hektisch sah er sich um.

Da, der Ast, den er als Wanderstock benutzt hatte! Er klaubte ihn aus dem Sand, wohin er ihn bei der Ankunft achtlos hatte fallen lassen, und rannte zurück über die Felsen, bereit, seine hölzerne Waffe gegen die Kalim einzusetzen und, wenn nötig, gemeinsam mit Whirlwind unterzugehen. Er musste einfach versuchen, sie zu retten!

Er warf noch einen letzten Stein und überlegte, wie er auf den Felsen gelangen könnte, von dem Whirlwind abgerutscht war. Den letzten Sprung wagte er nicht, weil er fürchtete, ebenfalls in den See zu fallen. Doch inzwischen war Wind aufgekommen, und so halfen ihm die Wellen, indem sie die bewusstlose Whirlwind näher ans Ufer trieben.

"Whirlwind, **hold on!**"

Das Elfenmädchen lag wie leblos im Wasser, das Gesicht jetzt dem Himmel zugewandt. Twister bekam einen ihrer Arme zu fassen und zog sie näher zu sich heran. Das Schwierigste war, sie weiterzuziehen und dabei zurück zum nächsten Felsen zu springen, ohne abzurutschen. Der von den Kalim aufgewirbelte Sand hatte das Wasser so getrübt, dass Twister nicht einmal ahnen konnte, ob es hier so seicht war, dass er hindurchgehen konnte, oder so tief, dass sie beide gemeinsam ertrinken würden. Und es blieb keine Zeit, die Tiefe mit dem Wanderstock zu überprüfen.

So schob er Whirlwind schwungvoll in Richtung Strand und sprang erst danach.

Hold on! Halt durch!
away weg

Gerade als er wieder ihre Hand greifen wollte, schnellte erneut ein grüner Fangarm aus dem Wasser und ringelte sich um ihr Handgelenk. Der Kalim drohte sie wieder in die Tiefe zu ziehen.

Es schien nur einer zu sein, der Twisters Ablenkungsmanöver durchschaut hatte, doch er hatte mehrere Arme, die er jetzt nach Whirlwind ausstreckte.

"Go **away**, you slimy monster!" Twister schlug mit dem Stock auf den Fangarm ein, der Whirlwind bereits gepackt hatte.

Der Kalim gab ein tutendes Geräusch von sich, das irgendwie überrascht klang, und ließ von Whirlwind ab, nur um nach Twisters Fußknöchel zu greifen.
Twister war so überrascht von der Kraft, mit der der glitschige grüne Arm seinen Knöchel umklammerte, dass ihm der Stock aus der Hand glitt. Er versuchte, seinen Fuß aus dem Griff des Kalim zu befreien, doch alle Gegenwehr half nicht – das Untier drohte ihn ins Wasser zu ziehen. Überdies hatte Twister das Gefühl, der Felsen, auf dem er lag, würde sich bewegen und wegrutschen. Der See brodelte noch stärker als zuvor, hohe Wellen brandeten auf und klatschten auf den Strand und die Felsen. Alles zitterte und bebte, als würde sogleich ein riesiges Tier aus den Fluten auferstehen – doch nichts dergleichen war zu sehen. Und doch geschah offenbar etwas, das noch bedrohlicher war als die Kalim. Es war, als würde ihm der Boden unter den Füßen weggezogen. War es nicht schlimm genug, was mit Whirlwind geschah? Musste er nun auch noch gegen das Unbekannte kämpfen?
"Help! I don't want to die!"
Der Gedanke ans Sterben und an die noch immer stumm im Wasser treibende Freundin mobilisierte Twisters Energien. Mit der einen Hand klammerte er sich an einer Felsnase fest, mit der anderen fischte er den letzten Stein aus seiner Hosentasche. Er beugte sich vor, holte aus und schlug den Stein auf den grünen Fangarm, genau dort, wo dieser auf dem Felsen auflag. Grüner Schleim spritzte auf, und der Kalim zog sich mit einem Schmerzenslaut

zurück. Die Wasseroberfläche beruhigte sich langsam, das Beben unter seinen Füßen hatte aufgehört.
So schnell er konnte, fischte Twister nach dem Stock, der sich am Felsen verkantet hatte, und steckte ihn senkrecht ins Wasser. Er schaute oben ein Stück hinaus, also war das Wasser schon seicht genug, um sich hineinzuwagen, und das musste er, denn Whirlwind war von den Wellen ein Stück vom Felsen weggetrieben worden.

safe in Sicherheit

"Whirlwind, I'm coming to help you!", keuchte Twister und kämpfte sich durch das Wasser, so schnell er konnte. Weiter hinten sah er die Knäuel der grünen Fangarme, doch offenbar wagten sich die Kalim nicht weiter in Strandnähe. Twister griff Whirlwind unter die Arme und zog sie fort von der grünen Gefahr. Ihre Haare schwebten fächerartig um ihren Kopf, ihr Gesicht war bleich.
"Whirlwind, hold on! Please, hold on! Don't leave me!", schrie Twister.
Als das Wasser zu seicht wurde, um sie noch zu ziehen, nahm er seine Freundin auf die Arme und schleppte sich mit ihr den Strand hoch, so weit er konnte. Ihre Flügel hingen nass und schlapp herunter. Er bettete sie auf den Sand.
"Please, Whirlwind, open your eyes! We're **safe** now!" Er strich ihr die nassen Haarsträhnen aus dem Gesicht, setzte sie auf, schüttelte sie, legte sie wieder hin und wusste am Ende nicht mehr, was er noch tun sollte, um ihr ein Lebenszeichen zu entlocken. Da setzte er sich

forgive vergib
should have looked after ... hätte auf ... aufpassen sollen

schließlich mutlos neben sie und ließ seinen Tränen freien Lauf.

"Please **forgive** me, Whirlwind. I **should have looked after** you better. I can't do any more. Please, oh please forgive me..."

Preparations

*F**inally** Marian **chose** Marvilon, who **had** no jewels, but a good heart. They were very happy together, but Gawaloin was **jealous** of his brother. He could not forgive Marian, and he **cast a spell on** Gemroc so that nobody **would** ever **be able** to take the diamonds and jewels he had wanted to give her. He **carved** the **spell** into a **stone tablet** as a prophecy to warn people to stay away. Gawaloin's **anger** was so great when he cast the spell that he **broke** into a **thousand** pieces. Out of every piece came a dark, **evil** thing, a creature of **jealousy** and anger. **These** creatures **joined forces with** the black dragons to **form** the Army of Darkness. Nothing **remained** of Gawaloin's heart but a dark and mighty shadow.*

finally endlich
chose wählte
had hatte
jealous eifersüchtig
cast a spell on verzauberte
would be able würde können
carved meißelte
spell Zauber
stone tablet Steintafel
anger Wut
broke zersprang
thousand tausend
evil böses
jealousy Eifersucht
these diese
joined forces with ... haben sich mit ... zusammengetan
form bilden
remained blieb übrig

Als Alban erneut eine Seite umblätterte und das Licht flackernd über die Zimmerdecke huschte, fand sich Laura erneut im Elfendorf wieder. Es sah jetzt aus, als hätte es sich besonders herausgeputzt. Die Tautropfen an den überall wuchernden Gasperbüschen und Oboranken glitzerten silberner als zuvor, die

Pflanzen selbst waren von besonders schönem Dunkelgrün, und alle Blüten sahen aus wie frisch gebürstet.

Loona war so in den Anblick der Blüten vertieft, dass sie beinahe mit Firebird zusammengestoßen wäre, der ein riesiges Fass Tauwein auf einem Karren hinter sich herzog.
"Glory to the Shadow!", rief er ihr zu.
Loona zuckte zusammen und erwiderte den Gruß erschrocken, als sie endlich bemerkte, dass Firebird neben ihr stand.
"What were you dreaming about that you didn't hear me coming?", wollte der blonde Elf wissen.
Loona errötete. Gerade Firebird sollte sie besser nicht auf ihre Träume ansprechen. Zu oft spielte er eine Hauptrolle darin.
"I was just enjoying the beautiful day, Firebird. But I was thinking about my little sister, too. I'm a bit sad that after the ceremony Whirlwind will be an adult elf, like us. She's **not** going to listen to **anything** I tell her any more."
Firebird lachte und zog das rote Stirnband fester um seine wirre blonde Haarpracht.
Loona bemühte sich, nicht allzu fasziniert auf das Spiel der Muskeln an seinen nackten Armen zu achten. Sie fiel in sein Lachen ein, weil sie nicht wusste, was sie sonst tun sollte.
"Have you prepared everything?", erkundigte Firebird sich ungewöhnlich eifrig.

not anything
nichts

"**I've laid out** her dress, I've baked and cooked everything. Now I will go and help the others decorate the Big **Clearing** for the ceremony."

"I think I **should test** the **dew-wine**." Firebird zwinkerte Loona zu und deutete auf das Tauwein-Fass im Karren. Dabei spannte sich die schillernde Schuppenweste über seiner Brust. "It's **made** from the skin of a dragon that was killed by my **great-great-grandfather**", pflegte er zu sagen, wann immer jemand einen Blick auf die Weste warf. Es gab aber vor allem unter den jüngeren Elfen manche, die munkelten, die Weste wäre lediglich aus der Haut der Fische gefertigt, die im Tümpel des Elfendorfs lebten.

"**Leave some** wine for the others!", sagte Loona und wandte sich zum Gehen, damit die anderen nicht noch länger auf sie warten mussten.

"Glory to the Shadow!"

"Glory to the Shadow!" Firebird hob die Hand zum Abschied, schenkte ihr einen durchdringenden Blick aus seinen aquamarinblauen Augen und griff nach dem Karren. Dröhnend holperte er über die unregelmäßigen Steine davon.

Loona schüttelte den Kopf, als könnte sie auf diese Weise Firebirds Anblick aus ihrem Gedächtnis verbannen, und machte sich auf den Weg zur Lichtung. Sie passierte etliche der Elfenbehausungen, die aus runden Steinen und Muscheln gefertigt waren. Manche hatten Gardinen

have laid out habe zurechtgelegt
clearing Lichtung
should test sollte testen
dew-wine Tauwein
made gemacht
great-great-grandfather Ururgroßvater
leave lass übrig
some etwas

aus grünen Fadenalgen an den Fenstern. Zur Feier des Tages waren zwischen den Häusern quer über den Weg Blumengirlanden gespannt worden.
Whirlwind würde begeistert sein, das wusste Loona, denn ihre kleine Schwester war viel romantischer, als sie zugeben wollte.

Als Loona von der großen Lichtung zurückkehrte, sah es so aus, als seien die Vorbereitungen für die Zeremonie im ganzen Elfendorf fast abgeschlossen. Man begann sich auf dem Marktplatz zu sammeln, denn traditionell wurde dort noch gegessen und getrunken. Offenbar hatten einige der Elfen dem Tauwein auch schon reichlich zugesprochen. Loona machte sich auf den Weg, um Whirlwind zu suchen. Wo mochte sie stecken? Seit Stunden nun war sie schon mit Twister verschwunden. Sie wollte nicht, dass Whirlwind das Fest auf dem Marktplatz versäumte. Später sollte es auch noch Spiele geben, bevor ihre kleine Schwester und Twister die Elfenweihen empfangen würden.

curse Fluch
will wish wirst dir wünschen

Ein würziger Duft lag über dem Platz, denn das Elfenvölkchen hatte alles aufgetischt, was Küche und Keller hergaben. Überall hingen Gespräche in der Luft, manche aufgeregt schnatternd, manche leise, manche polternd, wie das, das Loona aufschnappte, als sie auf die Tische vor der Tauweinschänke zusteuerte.
“I’m telling you: one day the **curse** of the Mighty Shadow will fall on us, and then you**’ll wish** you’d listened to my

warnings." Es war die Stimme von Bragon, der noch langsamer sprach als sonst, weil seine Zunge schwer war vom Wein.
"**Rubbish**! I'm not afraid of the Mighty Shadow. Let him come!"
Natürlich, das konnte nur Firebird sein. Die anderen Elfen murmelten sofort entsetzt: "Glory to the Shadow!"

warnings Warnungen
rubbish Unsinn
love god Gott der Liebe
life Leben
over vorbei
curse verfluchen

Loona lächelte. Firebird nahm den Mund gerne ein wenig voll. Sie mochte es, wenn seine Augen dann leidenschaftlich funkelten. Noch war sie nicht in seinen Blickwinkel gelangt, und weil sie seiner Stimme gerne noch ein wenig lauschen wollte, blieb sie stehen und kniete hinter einem wild wachsenden Gasperstrauch nieder, vorgeblich, um einige heruntergefallene Früchte aufzusammeln. Sie wurde nicht enttäuscht, denn Firebird war in Fahrt.
"If I'm going to have a spell cast on me, I'd prefer it to be the spell of the **love god** Aengus-Óg. I want to enjoy my **life** before it's **over**!"
Die umsitzenden Männer stimmten in sein Gelächter ein, erhoben die Trinkgefäße und nahmen einen weiteren Schluck.
"So which elf do you want Aengus-Óg to **curse** you with, Firebird?" Woodcarver konnte seine Späßchen machen, war er doch schon lange durch den Fluch des Aengus-Óg mit Lavender verbunden und somit nicht mehr im Rennen.

“Which one? All of them, of course! I’m Firebird – one is not **enough** for me!”
“Oh, come on … You know you have to take the elf that Aengus-Óg **chooses** for you. Tell us, who do you want it to be?” Woodcarver knuffte Firebird gutmütig auf den Arm. “What about Dragonqueen? I’m sure life wouldn’t be boring with her.”

enough genug
chooses wählt
definitely ganz bestimmt
alive bei lebendigem Leib

Durch die Blätter des Strauches hindurch konnte Loona erkennen, wie Firebird die Arme hinter dem Kopf verschränkte und sich gegen die Muschelwand lehnte, vor der er auf einer Bank Platz genommen hatte.
“Well, that’s true, Woodcarver, it **definitely** wouldn’t be boring. And she is very beautiful.”
Loona fühlte einen Stich in der Brust. Dragonqueen, natürlich! Sie hätte es wissen müssen … Überall, wo sie auftauchte, schien sie eine Aura aus Elfenstaub mit sich zu führen, der die männlichen Elfen innehalten ließ bei allem, was sie gerade taten. Jeder Tag, an dem Loona sie nicht sehen musste, war ein guter Tag. Dragonqueen hatte Loona nie etwas getan, und Loona schalt sich wegen ihrer finsteren Gefühle gegen sie. Aber Firebirds Bemerkung eben war nicht dazu angetan, ihr freundlichere Gefühle entgegenzubringen.
Versunken in ihre Gedanken, hätte Loona beinahe überhört, was Firebird weiter zu sagen hatte: “But if Aengus-Óg chooses her for me, she’ll eat me **alive**.”
Die umsitzenden Elfen prosteten ihm zu und lachten.

Loona sah beim besten Willen keine Möglichkeit mehr, sich noch länger hinter dem Strauch zu verbergen, ohne den anderen Elfen auf dem Marktplatz aufzufallen, und so erhob sie sich just in dem Moment, als Bragon sich mit schleppender Stimme wieder in das Gespräch einschaltete:
"What about Loona, Firebird? She would definitely be a good wife for you. She'll be a good mother, too – she already knows how to look after **little ones**."
Loona erstarrte. Wenn sie jetzt weiterginge, würden alle am Tisch sie bemerken, und sie würde die Antwort nicht zu hören bekommen. Wenn sie stehen bliebe, würde Firebird sie entdecken, sobald er seinen Kopf auch nur ein wenig weiter nach rechts drehte. Doch sie hatte Glück: Firebird beugte sich stattdessen zum Tisch vor, nahm sein Trinkgefäß in beide Hände und betrachtete es, als hätte er noch nie einen Becher voller Tauwein gesehen.
Firebird nahm einen tiefen Schluck aus seinem Trinkbecher.
"Hey, Woodcarver, the wine **has run out**! Tell Alvinus to bring us some more!"
"**Dear me!** They won't remember anything about the ceremony if they **keep drinking**!", erklang plötzlich Lavenders Stimme hinter Loona und ließ sie zusammenzucken. Lavender ging an Loona vorbei, direkt auf den Tisch der Männer zu.

little ones Kleine
has run out ist ausgegangen
Dear me! Du liebe Zeit!
keep drinking weitertrinken

"Woody, I thought you**'d have more sense**!", sagte sie, und ihre Flügel zitterten heftig dabei.
"Woody!" Die anderen Elfen fielen vor Lachen und Trunkenheit fast vom Stuhl. "Did you hear that, Firebird?", japste Bragon. "She **called** him Woody!"
Firebird hatte jedoch Loona entdeckt.
"Ah, Loona, hi! Um, glory to your shadow!", sagte er, anstatt Bragon zu antworten.
"I don't have a shadow, as you know", sagte Loona kühl. "And you've already seen me this morning, but it **seems** you don't remember." Sie wandte sich ab und rannte den restlichen Weg zum Turm mehr, als dass sie lief.
Whirlwind war nicht in ihrem Zimmer. So ließ Loona sich auf das Bett sinken und starrte an die Decke.
Bei Firebird musste immer etwas los sein, für ihn stand Spaß im Vordergrund. Man konnte sich trotz allem auf ihn verlassen, aber er war doch ein großer Kindskopf. Loona wünschte sich, auch selbst einmal so sein zu können – sich einmal keine Gedanken darüber zu machen, was ihr Tun für Konsequenzen hatte. Aber sie war schon als halbes Kind für ihre kleine Schwester verantwortlich gewesen. Sie konnte nicht so tun, als gäbe es keine Regeln. Vielleicht bewunderte sie Firebird deshalb so sehr. Er war für sie das Tor zu einer anderen Welt.
Der Gedanke an ihre Schwester holte Loona in die Realität zurück. Seit Stunden hatte sie Whirlwind nicht

would have more sense würdest vernünftiger sein
called hat genannt
seems scheint, dass

gesehen, und Twister auch nicht, wenn sie es recht bedachte. Seufzend hob Loona die verstreut umherliegenden Seerosenblätter auf und verteilte sie auf dem Bett. Dann sah sie aus dem Fenster.
"Whirlwind!", rief sie. "Twister!"
Aber sie erhielt keine Antwort.

On the Shore

Gawaloin's shadow heart ***darkened*** *the countryside for* ***miles*** *around, but the Little Folk, the children of Marvilon and Marian,* ***flourished****. Finally Gawaloin* ***sent*** *his dragon army. Many of the Little Folk died in the attack, but some of us* ***managed*** *to* ***flee*** *through the Forbidden Forest to the shore of the Big Lake.*
After ***that*** *day, the Mighty Shadow still hurt us in every* ***way*** *he could and* ***forced*** *us to* ***honour*** *him.*

darkened verdunkelte
miles Meilen
flourished gedieh
sent schickte
managed haben es geschafft
flee fliehen
that jenem
way Art und Weise
forced hat gezwungen
to honour zu ehren
is making a fuss macht ein Theater
breathe atmen

Please, don't kill me …
Die Welt um sie herum schien sich in Zeitlupe zu bewegen. In den Augenwinkeln sah sie ihr Haar wallen, ganz langsam. Etwas schnürte ihr die Kehle zu, zog an ihren Handgelenken, ihren Knöcheln.
Plötzlich wurde es laut und grell um sie.
"Whirlwind, hold on! Please, hold on! Don't leave me!"
Twister. Why ***is*** *he* ***making*** *such* ***a fuss****? Silly boy.*
I like you so much.
It's cold. Why is it so cold? Please, let me ***breathe****.*
I don't want to go …

Eine Berührung ließ sie zusammenzucken. Etwas in ihrem Gesicht. Sie versuchte die Augen zu öffnen, doch es ging nicht.

Noch während sie darüber nachdachte, woran das liegen könnte, wurde sie von einem Hustenanfall geschüttelt.

"She's **alive**! Thank you, oh, thank you, Mighty Shadow! You didn't take her away from me!"

Mit einiger Anstrengung gelang es Whirlwind endlich, ihre Augen einen Spaltbreit zu öffnen.

"What happened? Where are we?"

"You don't know what happened?" Twister zog besorgt die Augenbrauen zusammen. "You really don't remember? We're at the Big Lake!"

"The Big Lake? But it's forbidden!"

"Yes, of course it is! And now we know why. The Kalim attacked you. They tried to kill you. But everything is all right now. You're safe."

"You mean you saved my life?"

"Well, yes, I think I did." Twister lächelte. Dann umarmte er Whirlwind und ließ sie rasch wieder los, als hätte er etwas Verbotenes getan. "Oh, Whirlwind, I'm so **glad** you're alive!"

alive am Leben
glad froh
coward Feigling

Sie saßen eine ganze Weile nebeneinander, ohne etwas zu sagen, und Whirlwind schien angestrengt nachzudenken.

"Oh, now I remember! You're the **coward** who didn't want to go on the rocks in the water!" Whirlwind hob den Kopf und grinste Twister herausfordernd an.

“**Are** you **joking**? It was a **crazy** thing to do”, beschwerte der sich.
“When I **woke up** I couldn’t remember anything. It’s coming back to me now.”

Mehr gab die Buchseite nicht preis, und Alban führte Laura mit dem Licht der Vergangenheit ins Elfendorf zurück.

Loona war noch immer im Turmzimmer. Sie wollte sich gerade vom Fenster abwenden, durch das sie nach ihrer Schwester und Twister Ausschau hielt, als sie die Erschütterung spürte. Zunächst war es wie ein leichtes Kribbeln unter ihren Füßen, dann jedoch wurde es von jenem Geräusch begleitet, das sie bereits in der Nacht vernommen hatte. Es schwoll an und wurde bald unerträglich laut. Ihr Blick fiel auf den Geröllabhang, der das Elfendorf im Norden von der Treppe zum Verbotenen Wald abschirmte, hinter dem Gemroc lag – der geheimnisvolle Kristallfelsen.
Der Legende nach hatte Mighty Shadow ihn verflucht, als er noch Gawaloin hieß und Marvilons Bruder war. Gawaloin hatte der schönen Marian all die Diamanten, Rubine und Saphire Gemrocs angeboten, damit sie seine Frau würde. Marian hatte jedoch das Geschenk ausgeschlagen und Marvilon erwählt. Da sprach Gawaloin den Bann über Gemroc und zersprang vor Wut in tausend Stücke. Aus den Stücken gebar er die schwarzen

are joking scherzt
crazy verrückt
woke up aufgewacht bin

Drachen mit den schwefelgelben Augen und spitzen Klauen, die als Army of Darkness alle Lebewesen das Fürchten lehren sollten. Aus seinem dunklen Herzen aber entstand Mighty Shadow.
Loona fröstelte allein bei dem Gedanken daran und sah wieder hinüber zum Abhang. Er schien jetzt förmlich in die Kaluawälder hineinzuwachsen. Gleichzeitig sah es aus, als bräche der Himmel auf und tauchte alles in ein ungewohntes Licht. Als hätte der milchige Schleier einen Riss bekommen. Dort, wo dieser Riss entstanden war, konnte sie so klar sehen, dass es ihr in den Augen wehtat. Darum herum war jedoch alles weiterhin in den Nebel getaucht, der sie seit ihrer Kindheit begleitete.
"What on earth is happening?", rief Loona erschrocken. Sie spürte, dass der Turm leicht schwankte. Sofort rannte sie durch das Zimmer zum Ausgang und die Wendeltreppe hinunter. Draußen beeilte sie sich, möglichst weit weg vom Turm auf den Marktplatz zu kommen, wo sich andere Elfen schon hilflos aneinanderklammerten oder ziellos hin und her liefen.
I have to find my little sister, dachte sie verzweifelt und versuchte, sich durch das Gedränge auf dem weiten Rund des Marktplatzes zu kämpfen. Und wenn Whirlwind etwas zugestoßen war?
Das Getöse ließ langsam nach, dafür schwoll das Geschnatter aus vielen Elfenkehlen an. Eine Stimme übertönte alle anderen: "The curse of Mighty Shadow **has destroyed** our house!"

has destroyed
hat zerstört

Es war Woodcarver, der das rief. Er wurde sofort von den Elfen umringt, die wissen wollten, was passiert war. Irgendwann schaffte er es, sich Gehör zu verschaffen und einen zusammenhängenden Bericht zu geben.

"I heard **thunder**, the **earth shook**, and then our house **fell down**!"

thunder Donner
earth Erde
shook bebte
fell down ist eingestürzt

Trotz ihrer eigenen Sorgen nahm Loona den völlig verzweifelten Woodcarver in den Arm.

"Don't worry, Woodcarver. We'll help you – we're all here for you. Let's go and look."

Sie machten sich auf den Weg dorthin, wo einst das Haus von Woodcarver und seiner Familie gestanden hatte. Sie hatten es ein wenig abseits gebaut, damit der Krach der Holzarbeiten die anderen Elfen nicht störte. Manche munkelten, dass Woodcarvers Kinder die Abgeschiedenheit für heimliche Flugübungen nutzten, aber das konnte übertrieben sein. Viele der Jungelfen schlugen gerne mit den Flügeln und taten, als könnten sie vom Boden abheben.

Unter dem grauen Geröll blitzte hie und da ein runder Kiesel oder eine Muschel hervor, sonst hätte keine Elfe mehr erkannt, wo das Haus von Woodcarver gestanden hatte.

"It's a good thing none of you were inside", murmelte Alvinus, der Wirt der Tauweinschänke.

Auch Loona starrte auf die Gesteinslawine. Leise flüsterte sie: "What if Twister and Whirlwind were in the forest?"

The Stone Tablet

***S**ince the day of the Mighty Shadow, the sky is always **covered** in a **milky dust**. The young elves don't miss the sun because they've never seen it. But I **long for** the blue skies of the olden days, and **wonder whether** I will ever see them again. The Mighty Shadow is everywhere: in my dreams, in the **air** around us. He sees everything that happens in our little village by the Big Lake.*

"Ouch!"
Whirlwind, die noch immer auf dem Boden am Ufer lag, rieb sich den Kopf.
"You **hit** your head on a stone", stellte Twister fest und korrigierte sich dann. "No, wait … It looks more like a tablet. Look – there's something **written** on it!"
Whirlwind rappelte sich auf und betrachtete den flachen Stein, der offenbar durch die starke Erschütterung freigelegt worden war und halb aus dem Sand ragte.
"Huh? Why would someone carve words in a stone tablet down here by the lake?"
"Why not? Maybe they were **bored**", witzelte Twister.
"You are silly. I could never be that bored!"

since seit
covered bedeckt
milky milchigen
dust Staub
long for sehne mich nach
wonder frage mich
whether ob
air Luft
hit hast geschlagen
written geschrieben
bored gelangweilt

"I think it's a **message**."

Whirlwind betrachtete die Tafel. "Not a very good way to **send** a message. You can't put it in a bottle, and it won't **fit** in a letterbox." Sie kicherte nervös.

Twister hatte in der Zwischenzeit den Schmutz von der Steintafel entfernt und pustete die letzten Sandkörner aus den eingemeißelten Buchstaben.

"It sounds like a warning."

KEEP AWAY FROM G
THE DAY WHEN
DISTURB THE SI
WILL BE THE DAY
WILL ARISE AND B
THE LITTLE FOLK
SECRET IS RE

Whirlwind sah sich den Stein noch einmal genauer an.

"I think you**'re right**. 'Keep away' sounds like Babaal", sagte sie.

"Ha, ha. Very **funny**. Can you be a bit more serious, Whirlwind? It's something about a secret and the Little Folk. So it must be important to us."

"We should tell Babaal."

"Are you crazy? If he knows where we've been, he'll kill us!" Twister riss erschrocken die Augen auf.

message Nachricht
send schicken
fit passen
keep away bleib fern
disturb stören
will arise sich erheben wird
are right hast recht
funny lustig

"Look at you! You're **soaking wet**, your clothes are slimy, and so are mine. We're going to have to tell him."
Twister griff in den Sand und ließ ihn durch seine Finger rieseln.
"You're right", sagte er schließlich. "But Babaal has to see what we**'ve found**. And he won't come back here with us."

soaking wet
triefend nass
have found
gefunden haben

"So we have to carry the tablet to the village", beendete Whirlwind Twisters Satz. Sie verzog das Gesicht. Die Tafel war groß und schwer. Ob sie es gemeinsam schaffen würden, sie den langen Weg über die Gerölltreppe zurückzutragen? Aber sie sah ein, dass ihnen kaum eine andere Wahl blieb. Die Tafel schien bedeutsam für die Elfen zu sein. Sie konnten sie nicht einfach am Big Lake zurücklassen.

"Wie groß war die Steintafel denn?"
Alban hielt seine Hände ein Stück weit vor seinem Körper auseinander.
"Und die haben die beiden echt den ganzen Weg zurück geschleppt?"
"Was blieb ihnen übrig?", fragte Alban und zuckte die Schultern.

Twister und Whirlwind trugen die Tafel mal abwechselnd, mal gemeinsam bis zum Rand der Senke, wo sie sie auf struppigem, halb vertrocknetem Gras ablegten.
"The easiest way to get this tablet down into the valley would be to throw it down the hill." Whirlwind wischte

sich mit den Handrücken den Schweiß von der Stirn. Das Ding war nicht nur schwer, sondern auch unhandlich.

"Are you crazy? We **could** just **have left** it by the lake! It'**ll smash** into pieces, and the message will be **gone**."

"Come on, do you think I'm an idiot? I was only joking. But how on earth are we going to carry it down the steps?"

Twister ließ seinen Blick über das Tal schweifen. Was er dort sah, ließ ihn nach Luft schnappen.

"Whirlwind, look over there! Am I dreaming?"

Die Kaluabäume im Tal versperrten ein wenig die Sicht, doch beim genaueren Hinschauen konnte auch Whirlwind die Gerölllawine nicht übersehen, die ins Tal der Elfen hinabgestürzt war.

"That's where Woodcarver's house **used to be**! How did this happen?"

Twister sah sie nachdenklich an.

"When I was trying to save you from the Kalim, for a moment I thought the earth shook. But then I thought I must **be wrong**, that it was just because of the fight and the Kalim in the lake."

"**Obviously** not." Whirlwind starrte noch immer entsetzt ins Tal hinab. "Twister, come on, let's carry this tablet down to the village. The Little Folk need our help. And it's almost time for the Ceremony."

could have left hätten hinterlassen können
will smash wird zerbrechen
gone weg
used to be war
be wrong falsch liegen
obviously offensichtlich

“If it **takes place** today”, gab Twister zu bedenken. “They **may need everyone** to **clear away** the stones from Woodcarver’s house **instead**.”
Whirlwind blickte noch einmal auf die steilen Stufen.
“Come on, Twister! We can do it!” Sie wusste selbst nicht genau, ob sie damit Twister oder sich selbst Mut zusprach.

takes place stattfindet
may need vielleicht brauchen
everyone alle
clear away wegräumen
instead stattdessen

The Prophecy

*After the **battle**, life could have been easy in our little valley, but it was not. Here too the Mighty Shadow **made** us **obey** his **rules** and **surrounded** us with danger, so that Marian, Marvilon, and the Little Folk would never forget who **had won**. We could not leave the valley or find **another** place to go. The Mighty Shadow was all around us.*

Alle Elfen im Dorf waren mit Aufräumungsarbeiten beschäftigt, doch Loona konnte sich nicht recht darauf konzentrieren. Ihre Sorge um Twister und Whirlwind wuchs, je mehr die Dämmerung sich über das kleine Tal senkte.

Sie wagte es nicht, Babaal darum zu bitten, sein Amulett zu berühren, aus Angst, dass da keine Gedanken mehr waren, die er bei Whirlwind hätte lesen können. Sie hatte ihm gesagt, dass sie sie nicht finden könne, doch er hatte geantwortet, dass sie die beiden diesen Tag genießen lassen sollte. Er selbst habe eigens darauf verzichtet, sie mit Ermahnungen und Fragen zu belasten. Mechanisch sortierte sie Muscheln und Steine auf unterschiedliche Haufen, als sich aus der Dunkelheit am Rand des Waldes zwei bekannte schmale Gestalten lösten.

battle Schlacht
made ... obey hat ... gezwungen, zu gehorchen
rules Regeln
surrounded hat umgeben
had won gewonnen hatte
another einen anderen

"Whirlwind!" Loona schrie ihre Erleichterung heraus, rannte auf ihre Schwester zu und nahm sie in den Arm. Auch Twister blieb nicht verschont.

"Mighty Shadow, look at you! What on earth happened to you?"

everyone jeder
both beide
persuaded habe überredet

Die meisten Elfen hatten gar nicht recht mitbekommen, dass die beiden nicht da gewesen waren. Alle waren vollkommen mit den Vorbereitungen für das Fest und die Zeremonie beschäftigt gewesen oder hatten in der Schenke Tauwein getrunken. Und als der Erdrutsch kam, hatte jeder nur noch nach seiner eigenen Familie geschaut.

Nun jedoch wurden Whirlwind und Twister sofort umringt, und wie zuvor auf Woodcarver, redeten nun alle Elfen gleichzeitig auf die beiden ein.

"Be quiet!"

Unbemerkt war Babaal hinzugetreten. Er lief langsam, auf einen Kaluaholz-Stock gestützt, auf die beiden Jungelfen zu, die nebeneinander standen wie ein Häufchen Unglück.

"Babaal, I ...", begann Whirlwind, doch Babaal hob die Hand. Sie standen in der Mitte des Kreises, der sich um sie gebildet hatte.

"Don't tell only me. I'm sure **everyone** wants to know what happened to you **both**."

Loona sah, wie schuldbewusst Whirlwind dreinblickte, und sie war sich sicher, dass es diesmal nicht gespielt war.

"I **persuaded** Twister to come with me to the Big Lake."

Ein Zischen ging durch die Menge, als die Elfen fast gleichzeitig scharf die Luft einsogen.

“It was my last chance to try to go there … I thought it **wouldn't matter**, because we're still young elves. I thought we'd be safe. For a long time I've been wondering how we can ever discover the meaning of the secrets that surround us if nobody dares to leave the village and look for the answer.”

Sie senkte den Kopf und sprach sehr leise weiter. “And I have to say that I didn't really believe all your stories, Babaal. That is, I thought you had probably… erm… exaggerated a bit. So I wanted to see **for myself**.”

“So you thought you **could break** one of our most important rules and go to the Big Lake?”

Bragon, der ganz in der Nähe stand, schüttelte den Kopf, über so viel Unverstand.

“Yes, I did. I just told you.”

“Well, so you say. But how do we know you really went there?”

“She's not making it up! We were really there”, mischte sich Twister ein. “And we've found something very important. Whirlwind, **show** them the tablet.”

wouldn't matter würde nichts ausmachen
for myself selbst
could break könntest brechen
show zeig

Alle Elfen wichen einen Schritt zurück, als die beiden sich noch einmal zum Saum der Kaluahaine wandten und mit etwas Schwerem, das sie gemeinsam trugen, zurückkamen.

Es hätte keines weiteren Beweises mehr bedurft, um zumindest Babaal von der Richtigkeit ihrer Erzählung zu überzeugen. Seine weisen alten Augen ruhten auf der Inschrift der Steintafel. Dann schloss er sie und begann zu sprechen:

"Keep away from Gemroc!
The day when **innocent** people
disturb the **silence** of Gemroc
will be the day when the Mighty Shadow
will arise and bring **destruction** on
the Little Folk until the hour when the
secret is **revealed**."

Danach war einige Sekunden totenstill im Dorf.

"The Prophecy!"

Die Elfen wisperten es sich wie eine Beschwörungsformel zu.

"The Prophecy! This must be the Prophecy!"

"The destruction has started", sagte Woodcarver düster und deutete auf die Trümmer seines Hauses. "Does that mean Whirlwind has disturbed the silence of Gemroc?"

"But we didn't go to Gemroc", sagte Whirlwind, doch in dem Stimmengewirr, das um sie herum losbrach, hörte man sie nicht.

"Whirlwind and Twister must be the innocent people in the Prophecy! They**'ve brought** the curse of Mighty Shadow down on us!"

"Silence!" Babaal erhob die Stimme. Dann wandte er sich an Whirlwind und Twister.

innocent unschuldige
silence Stille
destruction Zerstörung
revealed offenbart
have brought haben gebracht

"You didn't go to Gemroc, but we are forbidden to leave the valley and swim in the Big Lake. You **woke** the Kalim. Perhaps this was enough to **anger** the creatures that protect Gemroc. Who knows!" Er breitete die Arme aus und blickte zum Himmel, als könnte er die Antwort dem hellen Riss entnehmen, der sich quer über den Himmel zog. "Little Folk, remember this! The **writing** on this stone tablet is not a warning – it is a prophecy! **Whoever wrote** it **knew** what would happen today. He knew that Twister and Whirlwind, the ones who **would fulfil** the Prophecy, would be innocent young elves, not adults. He knew that they would try to leave the valley and do something that was forbidden. And that this would bring the anger of the Mighty Shadow down on us. But I believe that this new **light** in the sky could be a sign of **hope**."

Wieder ging ein Raunen durch die Menge. Loona konnte nicht anders, sie suchte den Blick von Firebird. Dieser stand auf der anderen Seite des Kreises, den Blick auf Babaal gerichtet, die Lippen zusammengepresst. Er schien sich zu ängstigen. Der Riss am Himmel machte auch Loona Angst. Weshalb sollte er Hoffnung bringen?

Babaal erhob wieder die Stimme. "Whirlwind and Twister **could** not **have done** anything **else**. It was their

woke habt geweckt
anger erzürnen
writing Schrift
whoever wer auch immer
wrote geschrieben hat
knew wusste
would fulfil erfüllen würden
light Licht
hope Hoffnung
could have done hätten tun können
else anderes

destiny to go to the Big Lake. You can't **change** a prophecy, like you can't change things that happened a hundred **years ago**." Babaal stützte sich schwer auf seinen Stock. Die Elfen ringsum schauten Twister und Whirlwind an.

"Do you mean we **did** something that someone decided we would do a hundred years ago?", wollte Whirlwind von dem Alten wissen.

"No, Whirlwind, he didn't decide that you would do it – he ***saw*** that you would do it."

Whirlwind drohte in Tränen auszubrechen. Sie war sonst wirklich sehr selbstbewusst, doch dass sie offenbar das Schicksal ihres Volkes in den Händen hielt – und nicht einmal etwas dagegen tun konnte –, war nach dem anstrengenden Tag zu viel für sie.

Loona schob sich durch die Menge und nahm ihre kleine Schwester in den Arm.

"We don't know what will happen now, but we will **soon** find out", sagte Babaal so bestimmt, als hätte er bereits einen Plan.

"If everything is already **decided**, why don't we just sit here and wait to see what happens?"

Loona blickte sich nach Twister um, der die Frage gestellt hatte. Er war bleich und sah ratlos aus.

"If it is our destiny to **solve** the problem just by sitting here, then that will be what will happen. But tell me,

destiny Schicksal
change ändern
years ago Jahre zuvor
did haben getan
saw hat gesehen
soon bald
decided entschieden
solve lösen

likely wahrscheinlich
without ohne
solution Lösung
should have known hätte wissen müssen

Twister, how **likely** is it that we will solve a problem **without** looking for a **solution**?"
"Not very likely, Babaal."
"So let's go to the clearing and talk about what we should do."
Twister stützte Babaal auf dem Weg zur Lichtung. Loona lief voran und rückte den bequemsten Stuhl für ihn zurecht. Alle Elfen setzten sich zu seinen Füßen.
Angesichts dessen, was in den letzten Minuten offenbart worden war, kam Loona die Blumendekoration jetzt völlig fehl am Platze vor. Die Zeremonie würde an diesem Tag nicht mehr stattfinden – so viel war klar. Whirlwind beachtete die Girlanden, die zu ihrem Ehrentag aufgehängt worden waren, mit keinem Blick. Sie sah auf zu Babaal, der die Augen schloss und dann zu sprechen begann:
"All my life I have hoped this day would never come. Like all of you, I thought the Prophecy might only be a warning. I **should have known** better."
Als wollte jemand ihnen klarmachen, dass es stimmte, was Babaal sagte, hob ein Dröhnen an. Der Boden begann zu zittern, dann rumpelte und ruckelte es, dass die Elfen sich aneinanderklammern mussten, um sich überhaupt noch auf den Beinen halten zu können.
Staub wirbelte auf, und sie gerieten jetzt vollends in Panik. Stolpernd rannten alle zurück auf den Marktplatz.

Die zweite Geröllawine erreichte die Elfenzuflucht schneller als erwartet. Mit Wucht rumpelten die Steine und der Schotter gegen das Fundament des Turms, in dem Loona und Whirlwind lebten.
Mit vor Entsetzen vor den Mund geschlagenen Händen beobachteten die beiden, wie ihr Zuhause zunächst schwankte, um dann mit Getöse völlig in sich zusammenzustürzen. Als wäre die Vernichtung des Turmes das einzige Ziel gewesen, stoppte die Lawine. Die darauf folgende Stille schien alle für einen Moment völlig zu lähmen.
Zögernd kamen diejenigen Elfen, die auf der Lichtung ausgeharrt hatten, an den Ort des Unglücks, immer auf der Hut vor neuen Erdrutschen. Doch nichts geschah. Loona und Whirlwind hielten sich an den Händen, fassungslos vor Entsetzen. Ihr ehemaliger Wohnturm lag unter den graustaubigen Steinen der Geröllawine auf dem gesamten Marktplatz verstreut. Da es neben dem Turm keine angrenzenden Gebäude gegeben hatte, waren die restlichen Häuser weitestgehend unversehrt geblieben.
Loona stand da wie betäubt. Ihr bisheriges Leben hatte ein jähes Ende gefunden. Sie stand buchstäblich vor den Trümmern ihres Daseins.

The **Decision**

*When she saw the **sadness** around her, Marian too was sad. Her skin **faded**, and all her butterflies **flew away**. She believed that the problems of her **people** were all her **fault**. Marvilon could not make her happy again. In her **despair**, she thought she could break the curse by taking the stone tablet away from the village. One night Marian **took** the tablet, carried it over the hill and **broke** it in two.*

"Können die Elfen nicht einfach woanders hingehen, wo Mighty Shadow sie nicht findet?", wollte Laura wissen.
"Würdest du einfach dein Zuhause zurücklassen? Nichts mitnehmen können und ins Ungewisse fliehen?"
Laura schüttelte nachdenklich den Kopf.
"Ich glaube nicht."
"Siehst du. Es ist nicht so einfach. Natürlich haben sie überlegt zu fliehen. Doch das Elfenvolk hatte eine solche Flucht ja bereits hinter sich. Außerdem wussten sie, dass Mighty Shadow sie überall finden würde, wohin sie auch gehen würden. Sie hatten darauf vertraut, dass sie seine Rache überlebt hätten und er sie fortan in Ruhe in ihrem kleinen Tal leben ließe. Doch sieh selbst."
Alban schlug die nächste Seite des Buches auf.

decision Entscheidung
sadness Traurigkeit
faded erblasste
flew away sind weggeflogen
people Volk
fault Schuld
despair Verzweiflung
took nahm
broke brach

Die Elfen versammelten sich erneut auf der Lichtung. Alle Augen waren auf Babaal gerichtet, den ältesten und weisesten Elf. Wenn Babaal eines Tages sterben würde – auch wenn dies in weiter Ferne läge –, wären die Erinnerungen des Little Folk an eine Zeit vor dem Leben in diesem Tal vollständig ausgelöscht, bis auf seine Erzählungen, die im Laufe der Generationen immer mehr verfremdet würden und schließlich mit der Wahrheit nichts mehr gemein hätten.
Babaal setzte sich mit einem Ruck kerzengerade in seinem Stuhl auf.
"We must leave this valley as soon as **possible**!"
Es war es ganz still. Auch Whirlwind musste diesen Satz erst einmal verdauen. Als hätte jemand einen Startschuss abgegeben, redeten die Elfen kurz darauf alle gleichzeitig auf Babaal ein.
"Leave our little valley?"
"Our **homeland**?"
"But where will we go?"
"I **won't move out** of my house. You'd have to carry me out!"
"Why should we **leave**?"
"Babaal is right!"
"Elves, stop talking all **at once**!"
"What are you afraid of? If it's our destiny, we're going to die **wherever** we go."
"Let Mighty Shadow come – we**'ll fight** him and win!"

possible möglich
homeland Heimat
won't move out werde nicht ausziehen
leave gehen
at once gleichzeitig
wherever egal wohin
will fight werden bekämpfen

will answer wird beantworten
terrible schrecklich
happiness Glück
before früher

"What about the Ceremony?"
"We're not scared of a little landslide!"
"That's easy for you to say! It isn't your house that's been destroyed!"
"Will we go back to where we came from? To Gemroc?"
"Babaal **will answer** you if you will all just be quiet and let him speak!" Loona hatte die Stimme erhoben, und langsam erstarb das Geschnatter.
Panik brachte niemanden weiter, und Babaal wusste mit Sicherheit, wovon er sprach. Wenn er glaubte, dass eine Flucht sicher wäre, taten die Elfen in Loonas Augen gut daran, auf ihn zu hören.
"Thank you, Loona", sagte Babaal.
Dann sprach er zu seinem Volk, so laut es seine Stimme zuließ.
"Nobody knows better than I do how **terrible** it is to have to leave your homeland. And it's worse if you don't know whether you will find **happiness** or disaster where you are going."
Er strich sich mit der Hand über die Stirn, auf der sich kleine Schweißperlen gebildet hatten.
"But if disaster is coming to the place where you have been safe, it is better to flee than just to stay and die."
Offenbar strengte ihn das laute Reden sehr an, und er machte erneut eine Pause. Dabei schloss er die Augen.
"If we had stayed where we lived **before**, the Mighty Shadow's black dragons, the Army of Darkness, would have killed us all."

"Babaal, weren't the dragons our friends **once**?", fragte Twister.
Babaal öffnete die Augen und sah Twister ernst an.
"Yes, Twister, you have listened **well** to my stories. In the old days, before the Mighty Shadow, there were friendly dragons. But they were all killed when the black dragons came. The black dragons formed the Army of Darkness, and all they seemed to want to do was kill us."
"But we didn't hurt anyone", wisperte Whirlwind. "Why would **anybody** want to kill the Little Folk?"
"Maybe it's because all of us have **inherited** from our **ancestor** something of great **value**: a heart of gold. It's what Gawaloin didn't have. It's why Marian **rejected** him, and it's why he **turned into** the creature we call the Mighty Shadow. As long as we **followed** his rules, he couldn't hurt us. But now we **have disobeyed** him, and he has a chance to destroy us."
Babaal zögerte und legte die Stirn in Falten. Schließlich atmete er tief durch.
"But what happened to him? Why did he turn into such a bad creature? What was he before?", wollte Whirlwind wissen.
Und das war etwas, was sich wohl nicht nur sie fragte.

once einst
well gut
anybody jemand
inherited haben geerbt
ancestor Ahn
value Wert
rejected abgewiesen hat
turned into ... hat sich in ... verwandelt
followed befolgt haben
have disobeyed haben nicht gehorcht

"I think perhaps it is time to tell you all the story of Mighty Shadow. I **have written** it all **down** in a book." Babaal seufzte. Dann richtete er sich auf und zog den Umhang fester um sich. Die Dorfbewohner rückten unwillkürlich näher. Würde ihnen Babaal jetzt wirklich alles erzählen? Ihnen die Geheimnisse offenbaren, die er sein ganzes Leben lang für sich behalten hatte?
"Once Gawaloin was a creature like us. A little bigger than us, perhaps. And he never had **wings**. He was an **ordinary** man, and he had a younger brother – the **founder** of the Little Folk ..."

"Marvilon", stellte Laura fest.
"Genau. Die schöne Marian erwählte den schlanken, kleinen Marvilon und begründete mit ihm das Elfenvolk. Der große, starke Gawaloin konnte das nicht verstehen, zumal er ihr all die Edelsteine von Gemroc schenken wollte. Und was dann geschah, habe ich dir ja bereits erzählt."
"Wo kam diese Marian eigentlich her?"
"Das wusste niemand so genau. Eines Tages kam sie aus den Wäldern und bezauberte alle mit ihrer Schönheit. Vielleicht war es einfach das Schicksal, das sie damals gesandt hat."
Der alte Alban schwieg, und Laura beugte sich wieder über das Buch.

Babaal wollte den Elfen mehr von der Geschichte von Gawaloin und

have written down habe niedergeschrieben
wings Flügel
ordinary gewöhnlicher
founder Gründer

Marvilon erzählen, doch noch bevor er weitersprechen konnte, ertönte erneut das unheilvolle Grollen in der Ferne.
Babaal blickte besorgt in die Richtung, aus der das Geräusch kam.
"We have to decide what to do now. You know what I think. **Most** of us should leave, but some of you have to stay and fulfil the Prophecy. Maybe we won't have to **stay away for long**. If we**'re lucky**, perhaps we will soon be able to come **home**."
Woodcarver meldete sich zu Wort. Umständlich stand er auf, denn er war von massiger Gestalt. Loona wusste, dass er das nur zum Teil den Kochkünsten von Lavender zu verdanken hatte. Er sprach auch gerne dem Tauwein zu.
"Babaal, I think I speak for the other elves if I say we all want to stay here."
Zustimmendes Nicken ringsum.
"Perhaps this disaster is telling us that we must look after our homeland better. Perhaps it's a warning to us to protect what we love." Er blickte sich um. "Here we have a chance **to defend ourselves**, because we know every stone in this valley. Outside we will be lost."
Einige Elfen schlugen mit den Flügeln, um ihrer Zustimmung Ausdruck zu verleihen, andere fielen ein. Einige wenige blieben skeptisch.

most die meisten
stay away wegbleiben
for long lange
are lucky Glück haben
home nach Hause
to defend ourselves uns zu verteidigen

Whirlwind wusste nicht, was sie denken sollte. Ihr ging die Prophezeiung nicht aus dem Kopf. Sie sah Babaal an, dass er unter seinem Entschluss litt. Er nickte ihr ernst zu und begann wieder zu sprechen.

"For me it is bad enough that I have to send two innocent elves to look for the other **half** of the stone tablet. Twister, Whirlwind – you must find it. It is your destiny to fulfil the Prophecy by making the tablet **whole** again." Dabei sah er Twister und dann Whirlwind tief in die Augen, und Whirlwind konnte erkennen, dass es ihm wirklich beinahe das Herz brach.

"I need at least another two elves to protect them. If all of you stay here, you are all in terrible danger."

Woodcarver ergriff erneut das Wort: "I think the best way for us to decide is **to vote**."

Babaal blickte kurz zu Boden. Dann sah er die Elfen wieder an und sprach weiter.

"So be it! **Raise** your hands. Who wants to leave our homeland and flee disaster?"

half Hälfte
whole ganz
to vote abzustimmen
raise hebt

Erst meldete sich niemand. Dann gingen zögernd einige Arme halb in die Höhe, doch die Elfen ließen sie rasch wieder sinken.

Babaal blickte sich in der Menge um und sah mit einem Mal aus, als hätte er in den letzten Sekunden Hunderte neuer Falten hinzubekommen.

"And who wants to stay here in this valley to fight the enemy, if it is the last thing we ever do?"

Rund drei Viertel aller Arme reckten sich in die Luft. Die anderen Elfen sahen noch immer unschlüssig aus, doch sie würden sich dem Mehrheitsentschluss beugen, so viel war gewiss.

"So be it!", sagte Babaal erneut. "The Little Folk have voted, and we have decided to defend our valley."

Dann wandte er sich Twister und Whirlwind zu.

"Twister, my son." So hatte er ihn noch nie genannt. "I want you to look after Whirlwind."

Whirlwind sah zu Boden. Ihr war klar, wie schwer es Babaal fallen musste, sie beide in ein ungewisses Schicksal zu entsenden.

"As I have said, you must **put** the pieces of the stone tablet **together** again **in order to** break the curse. I'm not sure that it will work, but it seems to me to be the **only** answer. But there is something I must tell you. The last elves who tried to do this **vanished without a trace**."

Dabei sah er Twister an. In dem Moment verstand der Elfenjunge, was mit seinen Eltern geschehen war.

"So … we have to go to Gemroc?", fragte Whirlwind. Noch vor einigen Stunden wäre sie mit Freuden dorthin aufgebrochen – als das alles noch ein verbotenes Spiel für sie war und sie nicht ahnte, wie groß der Zorn des Mighty Shadow wirklich war. Doch nun hatte sie am eigenen Leib erfahren, wie gefährlich die Kreaturen waren, die in seinem Auftrag dafür sorgen sollten, dass

put together zusammenfügen
in order to um zu
only einzige
vanished sind verschwunden
without a trace spurlos

die Elfen blieben, wo sie waren: in ihrem Dorf, mit den strengen Regeln des Mighty Shadow belegt. Sie wollte sich lieber nicht ausmalen, was sie bei der sagenhaften Kristallhöhle erwarten mochte.

"Yes, Whirlwind. The other half of the stone tablet was taken to Gemroc. But I must warn you: I could read Marian's **mind**, and I know what happened to her when she took the tablet there. Dark, evil creatures called the Hagrydes **dragged** her **away**."

mind
Gedanken
dragged away
haben weggeschleppt

Babaal hatte nie zuvor etwas von Hagryden erwähnt.

Twister und Whirlwind wandten sich einander zu und sahen die Angst in den Augen des anderen. Die Erlösung des Little Folk lastete nun einzig auf ihren Schultern, weil sie die "innocent people" waren, die Jungelfen, die die Elfenweihen noch nicht erhalten hatten. Innocent people, die die Ruhe von Gemroc stören und die Wut des Mighty Shadow auf die Spitze treiben mussten. Und das alles für die winzige Hoffnung, unbeschadet an die andere Hälfte der Tafel zu gelangen, damit sie beide Teile zusammenfügen und damit vielleicht den Fluch bannen konnten, der auf den Elfen lastete.

Zu viele *vielleicht*, dachte Whirlwind.

The Mission

Marian left one piece of the tablet by the shore of the Big Lake, and took the other half to Gemroc. She wanted to leave it in front of the cave of Gemroc so she wouldn't have to see the Mighty Shadow, but his dark creatures came out of the cave and dragged her away.

"Babaal hat Twister und Whirlwind wirklich auf diese gefährliche Mission geschickt?" Laura schüttelte ungläubig den Kopf.
"Er wollte es nicht – er musste es tun, wenn er sein Volk retten wollte", erwiderte Alban. "Glaub mir, er hätte lieber anders entschieden. Aber zu deiner Beruhigung: Sie gingen nicht allein."

"When do we have to leave?", fragte Whirlwind und konnte nicht verhindern, dass ihre Stimme dabei zitterte.
"Not now. Night is coming, and you must not go there in the **dark**", sagte Babaal. "But we **cannot** hold the Adumatur Ceremony today. To fulfil the Prophecy, you must still be innocent elves. We can only initiate you if you come back to our valley and the tablet **is made** whole."
Wenn wir zurückkehren sollten, dachte Whirlwind und merkte, wie sich die Härchen an ihren Armen aufstellten.

dark Dunkeln
cannot können nicht
is made wird gemacht

Twister schien es nicht besser zu gehen. Selbst in der Dunkelheit konnte Whirlwind erkennen, wie bleich er war.

Da schaltete Firebird sich ein.

“I will go with them, Babaal. They need someone to protect them on their mission. **At least** until we **reach** Gemroc. It will be difficult enough for them there.”

Noch bevor Babaal etwas entgegnen konnte, stand auch Loona wie aus der Erde gewachsen vor ihm.

“I **promised** my parents I would look after Whirlwind as long as I live. I understand that she has to go, but I can’t let her go **alone**.”

at least wenigstens
reach erreichen
promised habe versprochen
alone allein
bravest tapferste
drank getrunken hast
reason Grund

“It’s your decision”, sagte Babaal ruhig. “If you want to go with Twister and Whirlwind, you can. Go and prepare to leave.”

Dann wandte er sich an Firebird.

“Firebird, you are the **bravest** of the brave. But I hope the wine you **drank** today is not the **reason** for your decision. Drink some water, wait a bit, and think again.”

“Babaal, the dew-wine has nothing to do with my decision!”, begehrte Firebird auf, und ein leichtes Schmunzeln huschte über Babaals Züge, bevor er sich langsam auf den Weg in sein Haus machte, um sich ein wenig zu sammeln und auszuruhen.

Babaal hatte Firebird den Tapfersten der Tapferen genannt.

Wie auf ein Stichwort lösten sich Woodcarver und seine Familie aus der Menge und näherten sich der kleinen Gruppe, die sich um Twister und Whirlwind geschart hatte. Auch Dragonqueen gesellte sich dazu.
"We will come with you, too", ergriff Woodcarver sogleich das Wort. "Our **home has been** destroyed. We want to fight the Mighty Shadow so that nothing will happen to our home or to the Little Folk ever again. You can **count on** me and my family!"
Whirlwind lächelte gerührt. An die kleine Elfenfamilie als Begleiter hatte sie nun weniger gedacht. Woodcarver und Lavender waren weit belcibter als die übrigen Elfen und somit nicht so wendig. Und die Kinder waren noch recht klein.
Als hätte sie Whirlwinds Gedanken gelesen, schaltete sich Lavender ein: "You need someone to look after you! And everyone knows that Woodcarver makes the best **spears** in town."
"Your children are innocent. Maybe we should take them with us, too", ergänzte Loona, die am liebsten das ganze Dorf mitgenommen hätte, weil sie sich dann sicherer fühlen würde.
"Pah, you need **fighters**, not babies!" Dragonqueen war selbst eine sehr gute Kämpferin. Sie hatte die Kampfkunst von einem der Alten gelernt, der inzwischen an der Grabstätte in den Kaluawäldern begraben lag. Sie bildete sich eine Menge darauf ein, ebenso wie auf ihre Schönheit. Und Dragonqueen war die Einzige der Ge-

home Zuhause
has been ist … worden
count on zählen auf
spears Lanzen
fighters Kämpfer

fährten, die ihre Flügel tatsächlich zum Fliegen benutzen konnte. Nur ganz wenigen Elfen wurde diese Gabe zuteil. Die meisten lernten es nie – und niemand wusste, woran das lag, nicht einmal Babaal, der doch schon so vieles gesehen hatte.

Lavender sah Dragonqueen beleidigt an.

Singsang, eine der Sonnensängerinnen, schwebte herbei.

"You've started without me?", hauchte sie. "But you have to take me with you. I want to help protect the Little Folk against the coming disaster."

Dragonqueen verdrehte die Augen. "Firebird, did you invite everyone to come on a family picnic?"

"Dragonqueen, be quiet! We need elves who can help us, not one who argues all the time!" Firebird funkelte sie wütend an. "We're all fighting together. It's not about **showing off**, it's about the **future** of our people!"

Dragonqueen schnaubte verächtlich, hielt aber den Mund.

Bragon, der bisher still daneben gestanden hatte, ergriff das Wort. Er war stets besonnen und ging Probleme sehr sachlich an.

"You don't have much time, and you must prepare carefully. You don't know how long you **have to travel**. Perhaps you should take some of the wudus with you?"

"The wudus can't climb very well, Bragon, you know that", wandte Loona ein.

showing off Angeberei
future Zukunft
have to travel reisen müssen

Die Wudus waren treue Helfer der Elfen. Sie sahen aus wie Pferde, waren aber nur so groß wie Pudel – also gerade recht für das Elfenvolk.

"We don't know what will happen in Gemroc. Maybe that will be the end of our **journey**, or maybe we will have to go **further**. We should take them."

"No, Bragon. The **path** up the mountain is too difficult. The wudus won't be able to climb it." Whirlwind überlegte kurz. "I don't think we will have to go further. We will find what we're looking for in Gemroc."

journey Reise
further weiter
path Pfad
dry root essence Trockenwurzelessenz
filling sättigend

"Whirlwind is right. Lavender, thank you for your help. You can prepare our food for the journey, but I think that you and Woodcarver should stay with the others here in the valley."

Lavender war immer noch ein wenig beleidigt, doch als Firebird sagte, dass sie sich zumindest um ihr leibliches Wohl kümmern dürfte, hellte sich ihre Miene auf.

"I will give you **dry root essence** to take with you."

Firebird verzog fast unmerklich das Gesicht, aber Lavender ließ keine Einwände gelten.

"I know it doesn't taste as good as honey, but you will be glad to have it. It's good food, and very **filling**."

Dann wuselte sie eilig davon, gefolgt von Woodcarver, der ebenfalls für sein Leben gern kochte und kalte Speisen bereitete. Er hatte verstanden, dass die Welt von den Jüngeren unter ihnen gerettet werden musste.

Firebird sah sich in der Runde um.
"This is a very dangerous mission. Are you all sure that you are ready to make this journey?"
Wir haben keine Wahl, dachte Whirlwind, und Twister schienen ähnliche Gedanken zu plagen.
Loona drückte ihre Hand. "Yes, we're sure", sagte sie und bedachte Dragonqueen mit einem vernichtenden Blick. Die aber nickte Firebird nur zu. So waren sie also zu fünft: Twister, Whirlwind, Firebird, Loona und Dragonqueen. Ein jeder von ihnen auf seine Art nützlich – so war es jedenfalls zu hoffen.
"Good!" Firebird wirkte zufrieden. "Save the Little Folk!" rief er, und reckte kämpferisch eine Faust in die Luft.
"Save the Little Folk!", fielen die anderen ein, doch es schwang eindeutig auch Angst in ihrem Ruf mit.

Babaal's Secret

Marvilon looked everywhere for his wife, but he couldn't find her. He did not know why she ***had left*** *him, and for a long time he hoped she would come back. Then one day a bird came carrying something in its* ***beak****. It was the ring Marvilon* ***had given*** *Marian on their* ***wedding day****. Marvilon knew then that Marian was* ***dead****.*

"Let's tell Babaal. I wish he could go with us, but he's not **strong** enough. These days he **gets** tired so quickly."
Loona sah den traurigen Blick in Twisters Augen. Sie wusste, dass es ihm sehr schwer fallen würde, seinen weisen Ratgeber und Ziehvater zurückzulassen.
"You're right. He could never climb the steps, and he's too old to fight the danger that's waiting for us in Gemroc. It's better for the Little Folk if he stays here."
"Yes, I know." Twister nickte. Er sah dabei so unendlich betrübt aus, dass Whirlwind seine Hand in die ihre nahm und kräftig drückte.
Die fünf Elfen gingen über den steinübersäten Marktplatz zu Babaals kleinem Häuschen. Es war Nacht, aber niemand dachte an Schlaf.
Babaal hatte sie erwartet.
"Glory to –", setzte Loona aus Gewohnheit an, verschluckte den Rest jedoch erschrocken.

had left verlassen hatte
beak Schnabel
had given gegeben hatte
wedding day Hochzeitstag
dead tot
strong stark
gets wird

Firebird ergriff das Wort.
"Babaal, we **have come** to show you who will go to Gemroc with Twister and Whirlwind to save the Little Folk from disaster."
Babaal lächelte. "You have chosen well. The **toughest** of the tough, and the bravest of the brave."
Loona sah, wie Dragonqueen die anderen vier spöttisch ansah und eine Augenbraue bis fast zum Haaransatz wandern ließ. Dann stieß sie ein leises "Pfff!" aus.
Babaal beachtete es nicht weiter.
"Prepare for your journey, then try **to rest** for a while. You will leave at **dawn**. Loona and Whirlwind, you **may** sleep in my house." Die beiden nickten dankbar. Sie hatten ja kein eigenes Dach mehr über dem Kopf.
Firebird und Dragonqueen wandten sich zum Gehen, um die letzten Reisevorbereitungen zu treffen.
"Whirlwind, please wait. I want to speak to you." Babaal rief sie noch einmal zu sich, und als Twister sich ebenfalls anschickte, bleiben zu wollen, scheuchte er ihn mit einer leichten Handbewegung aus der Tür, damit er den anderen helfen ging. Er deutete auf das alte Sofa, das seinem Sessel gegenüberstand und das ebenfalls mit Seerosenblättern bedeckt war.
"You must be wondering why I want to talk to you alone."
Genau das fragte sich Whirlwind natürlich, und ihr wurde ein wenig mulmig, als Babaal sie aus seinen

have come sind gekommen
toughest zäheste
to rest euch auszuruhen
dawn Morgendämmerung
may dürft

dunklen, alten Augen ansah. Die Haut in seinem Gesicht war noch knitteriger und durchscheinender als sonst, fast wie Pergament.

"You know that I was not the only one who **survived** the attack by the Army of Darkness. Have you ever wondered why all the others died many years ago, but I am still alive?"

Natürlich hatte sie sich darüber gewundert. Oft hatte sie mit Twister im Gras gelegen und sich gefragt, wie alt Babaal wohl sein mochte. Nie waren sie zu einem Ergebnis gekommen. Sie nickte.

"Of course you have." Babaal tippte sein Amulett an und lächelte. Er hatte ihre Gedanken gelesen, wann immer er das Amulett fest mit der Hand umschloss und an sie dachte.

"The truth is, I don't know how old I am. I have been alive for so long that I have stopped counting the years." Babaal lehnte den Stock an seinen Sessel, um beide Hände frei zu haben. Er winkte Whirlwind vom Sofa zu sich heran, und sie stellte sich vor ihn. Babaal nahm ihre rechte Hand.

"Will you promise to keep the secret I am going to tell you?"

"I promise."

"When you reach Gemroc, I want you to do something for me. I too was cursed by the Mighty Shadow. He **punished** me because I saw the Army of Darkness coming, and I warned as many people as I could."

survived überlebt hat
punished hat bestraft

"How were you cursed?", fragte Whirlwind erschrocken. Ihre Stimme war mit einem Mal ganz kratzig.
"The Mighty Shadow **made** me **immortal**."
Das musste Whirlwind erst einmal verdauen. Zu viel war in den letzten Stunden auf sie eingestürmt.
"May I sit down again?" Sie ließ sich wieder auf das Sofa sinken und hoffte inständig, dass sie das alles nur träumte. Babaal unsterblich? Wie konnte das möglich sein? Und warum nannte er es einen Fluch? War es nicht der Wunsch eines jeden, unsterblich zu sein?
Offenbar konnte Babaal auch Gedanken lesen, ohne sein Amulett zu berühren.
"I am very old and very tired. At your **age** you probably can't understand, but it is my great **wish to die** one day. I've seen everything, heard everything, and with this amulet I can read so many people's minds … It is time for me to go. Not today or tomorrow; but I need to be able to hope that one day I **won't wake up**."
"But Twister …", sagte Whirlwind, die wusste, dass der sich schon lange Sorgen um Babaals Wohlbefinden machte. Hätten sie gewusst, dass er unsterblich war, hätten sie sich so manche sorgenvolle Stunde sparen können.
"Twister is almost an adult now. He **will manage** without me. I love him and he loves me. He **has been** like a

made hat gemacht
immortal unsterblich
age Alter
wish Wunsch
to die zu sterben
won't wake up nicht aufwachen werde
will manage wird zurechtkommen
has been ist gewesen

son to me, and this has made me very happy."
"Why are you telling me this? Why can't Twister break the curse for you?"
"Because it has to be a girl who **does** it."
Whirlwind hatte das Gefühl, dass die Last der Verantwortung sie noch tiefer in die Seerosenblätter auf dem Sofa drückte, als Babaal erklärte, was zu tun sei.
"In order to be able to die, I have to turn back into a **human being**."
"You were human?"
"Yes. Our people were human at the time of the attack. It was the children of Marvilon and Marian who were the first Little Folk. Nobody knows why their children were **born** elves, but Marian obviously had **magical powers**, and Marvilon was small, slim, and **elfin**, **although** he was a human being. You can read about them in this book."
Er deutete auf ein dickes Buch, in feines Leder gebunden, schon ziemlich abgegriffen und mit Goldbuchstaben auf dem Rücken.

does tut
human being menschliches Wesen
born geboren als
magical magische
powers Kräfte
elfin elfenartig
although obwohl

"War es dieses?", fragte Laura und zeigte auf das Buch, das auf Albans Schoß lag.
Der Alte lächelte, blätterte um und hielt es weiter zu Laura hin.

Wo zuvor noch das Elfendorf gewesen war, gerade so, als ob Laura mittendrin stünde, lag nun ein Buch im Buch. Die winzige Schrift war im ersten Moment schwierig zu entziffern, doch rasch hatte Laura sich eingelesen.

I remember the days when everything was quiet and peaceful, and the Little Folk lived happily on the mountain. There was no sign of the disaster, or that the Prophecy would one day be fulfilled.
I am very old now and I feel my time coming. I have to pass on my knowledge. I will start with the Mighty Shadow, and the day the Army of Darkness brought disaster to our land.
Once upon a time there were two brothers, Gawaloin and Marvilon. I must tell their story, because if I do not, all my knowledge will be lost.
Gawaloin was a big man with fire in his eyes, but his brother Marvilon was so slim he looked as if the wind would blow him away. They lived together in one house, loved each other as good brothers do, and argued like brothers, too. But they were the best of friends – until Marian came.
Marian was the loveliest creature the world had ever seen. Her skin sparkled in the sunlight, and there were always butterflies around her. Gawaloin and Marvilon fell in love with her, and she couldn't decide between them. A magician had given Gawaloin the rich land of Gemroc, and he tried to win Marian's heart with its diamonds and jewels. But Marian didn't want them.

Finally Marian chose Marvilon, who had no jewels, but a good heart. They were very happy together, but Gawaloin was jealous of his brother. He could not forgive Marian, and he cast a spell on Gemroc so that nobody would ever be able to take the diamonds and jewels he had wanted to give her. He carved the spell into a stone tablet as a prophecy to warn people to stay away.

Gawaloin's anger was so great when he cast the spell that he broke into a thousand pieces. Out of every piece came a dark, evil thing, a creature of jealousy and anger. These creatures joined forces with the black dragons to form the Army of Darkness. Nothing remained of Gawaloin's heart but a dark and mighty shadow.

Gawaloin's shadow heart darkened the countryside for miles around, but the Little Folk, the children of Marvilon and Marian, flourished. Finally Gawaloin sent his dragon army. Many of the Little Folk died in the attack, but some of us managed to flee through the Forbidden Forest to the shore of the Big Lake.

After that day, the Mighty Shadow still hurt us in every way he could and forced us to honour him.

Since that day of the Mighty Shadow, the sky is always covered in a milky dust. The young elves don't miss the sun because they've never seen it. But I long for the blue skies of the olden days, and wonder whether I will ever see them again.

The Mighty Shadow is everywhere: in my dreams, in the air around us. He sees everything that happens in our little village by the Big Lake.

After the battle, life could have been easy in our little valley, but it was not. Here too the Mighty Shadow made us obey his rules and surrounded us with danger, so that Marian, Marvilon, and the Little Folk would never forget who had won. We could not leave the valley or find another place to go. The Mighty Shadow was all around us.

When she saw the sadness around her, Marian too was sad. Her skin faded, and all her butterflies flew away. She believed that the problems of her people were all her fault. Marvilon could not make her happy again. In her despair, she thought she could break the curse by taking the stone tablet away from the village. One night Marian took the tablet, carried it over the hill and broke it in two.

Marian left one piece of the tablet by the shore of the Big Lake, and took the other half to Gemroc. She wanted to leave it in front of the cave of Gemroc so she wouldn't have to see the Mighty Shadow, but his dark creatures came out of the cave and dragged her away.

Marvilon looked everywhere for his wife, but he couldn't find her. He did not know why she had left him, and for a long time he hoped she would come back. Then one day a bird came carrying something in its beak. It was the ring Marvilon had given Marian on their wedding day. Marvilon knew then that Marian was dead.

Marvilon cried for seven days and seven nights. He wanted to follow Marian to Gemroc and die there too, but he knew he could not leave his children and the other people of the village. Instead he tried to break the curse the Mighty Shadow had put on the Little Folk. Finally he managed to cast a spell that one day a young elf-girl would find the two pieces of the stone tablet and put them together to fulfil the Prophecy.

Marvilon knew that the Mighty Shadow would do everything he could to stop the Prophecy from being fulfilled. But the elf-girl who makes the tablet whole again will be able to **enter** *the cave of Gemroc and* **heal rejected** *love with* **innocence**. *This* **will** *break the curse,* **free** *the Little Folk, and take the anger away from Gawaloin's heart.*

When the curse is **broken**, *I too will be* **released**. *The Mighty Shadow punished me by making me immortal, like him, because I warned our people that his black dragons were coming to destroy us. Marvilon died many years ago of a broken heart, but I am not allowed to die.*

I have been waiting for the brave, clever elf-girl of the Prophecy, the one who will be able to break the curse. When I am **free** *I will go back to where the humans live, and when I find someone who will listen to our story, the story of the Little Folk, I will finally be able to die. The day has not yet come, but I know that it will. I can feel it.*

Diesmal blätterte Laura selbst um, nachdem sie sich vergewissert hatte, dass Alban nichts dagegen hatte.

Whirlwind sah auf. "And I am the elf-girl from the Prophecy?", sagte sie. "What do I have to do to break the curse?"

enter betreten
heal heilen
rejected verschmähte
innocence Unschuld
will free wird befreien
broken gebrochen
released befreit
free frei

"I am the **keeper** of the history and wisdom of the Little Folk. I've written down as much as I could, but nobody can be sure that this book won't be destroyed. Then all our knowledge would be gone."

"What about the Three Shells of Wisdom? You've always told us that they hold all our secrets."

Whirlwind verstand nicht, weshalb Babaal sich Sorgen um sein Buch machte und um das Wissen in seinem Kopf, falls er doch eines Tages wieder ein Mensch und sterblich sein würde. Er hatte doch die Muscheln!

keeper Hüter
condemned verdammt
forever für immer
duty Pflicht
asks for bittet um
crystals Kristalle

"The problem with the Three Shells of Wisdom is that I am the only one who understands what they say. But if the curse is broken, a new keeper will be chosen – one who will not be **condemned** to live **forever**. The keeper will pass on the **duty** to his children. And the shells will be able to tell their secrets to every elf who **asks** them **for** help."

Whirlwind erhob sich. Sie musste ein wenig auf und ab laufen, um ihre Gedanken zu sortieren. Immerhin hatte sie verstanden, dass es für alle Elfen einfacher wäre, zu Weisheit zu gelangen, wenn Babaal erst tot – und somit erlöst – wäre. Ihr blieb also nichts anderes übrig, als Babaal zu helfen.

"What do I have to do?"

"The cave of Gemroc is full of **crystals**. From the outside the cave looks like ordinary stone, but inside it sparkles and is very beautiful. You must take a red crystal and a white crystal from the cave and bring them to our village. The red one is for rejected love, and the white one is for innocence. You must put these two crystals **beside** the Three Shells of Wisdom. Together they will make good and **powerful** magic, and the curse will be **lifted**. I will be a human being again, and I will leave here to go to one of the places humans call ***cities***, where I will wait for my time to come."

"Oh, Babaal!" Whirlwind wischte sich eine Träne aus dem Augenwinkel, denn sie konnte sich ein Leben ohne den Dorfältesten einfach nicht vorstellen. Wie würde es erst Twister gehen?

Babaal hatte seine Hand zwar nicht um das Amulett gelegt, doch konnte er ihre Gedanken auch so erraten. "Twister **will be fine**. You must promise not to tell anyone what I have told you. **Especially** not Twister! If you do, you will not be able to break the curse."

"A red and a white crystal?"

"You will know which ones to take. And you must put the two pieces of the stone tablet together before you take the crystals!"

"I hope I will remember everything."

Whirlwind scherte sich nicht um Manieren. Sie fiel Babaal um den Hals.

beside neben
powerful mächtige
lifted aufgehoben
cities Städte
... will be fine ... wird es gut gehen
especially besonders

Departure

Marvilon cried for seven days and seven nights. He wanted to follow Marian to Gemroc and die there too, but he knew he could not leave his children and the other people of the village. Instead he tried to break the curse the Mighty Shadow had put on the Little Folk. Finally he managed to cast a spell that one day a young elf-girl would find the two pieces of the stone tablet and put them together to fulfil the Prophecy.

"Müsste es nicht großartig sein, ewig zu leben?", fragte Laura. "Dann könnte ich meine eigenen Urururenkel sehen und alle möglichen Dinge ausprobieren. Mama sagt zum Beispiel oft, sie hätten keine Zeit, Skifahren zu lernen oder Klavierspielen, oder dass sie gerne Ärztin wäre anstatt IT-Fachfrau. Und dann sagt sie immer: 'Das hebe ich mir uns fürs nächste Leben auf!' Wäre Unsterblichkeit da nicht eine prima Sache?"
Der alte Alban seufzte.
"Glaub mir, spätestens nach zweihundert Jahren hättest du alles getan, wozu du jemals Lust hattest. Danach wird alles langweilig und wiederholt sich. Außerdem wird die Verantwortung immer größer. Erst machst du dir Sorgen um deine Kinder, dann um deine Enkel, dann auch noch um deine Urenkel und so weiter."
"Das klingt, als würdest du das Problem kennen", sagte Laura.

departure
Abreise

"Sieh mich an – ich bin wirklich alt. Aber lass uns sehen, wie die Geschichte weitergeht."

Als der Morgen dämmerte, versammelten sich alle Elfen auf dem Marktplatz. Ein kleines Grüppchen, um aufzubrechen, der große Rest, um ihnen Lebewohl zu sagen. Niemand sprach es aus, doch nun, wo die Entscheidung gefallen war, waren die meisten davon überzeugt, dass die Mission sie alle ins Verderben führen würde. Ob sie sich jemals wiedersähen?

Nacheinander nahmen die Zurückbleibenden die fünf in den Arm, so lange, bis Babaal sagte: "You have to go now! **It will take you** two days to reach Gemroc. It is further than it looks."

Babaal hatte recht. Gemroc war zwar vom Tal aus zu sehen, denn er erhob sich hoch über die Kaluahaine. Doch mussten sie den Verbotenen Wald durchqueren, um die Höhle zu erreichen, und mit der Steintafel würden sie nur langsam vorankommen. Außerdem wusste niemand, wie lange es dauern würde, den zweiten Teil der Tafel zu finden.

Die Gefährten brachen auf. Sie nahmen den Weg, den Twister und Whirlwind tags zuvor eingeschlagen hatten. "If we had known that we would have to carry the stone tablet back over the hill, we would just have left it by the lake", keuchte Twister, als er mit Tragen an der Reihe war.

Auf der Treppe musste sich Firebird mit dem Ding abplagen, das hatten

it will take you ...
ihr werdet ... brauchen

sie bereits vorher abgemacht. Es war nicht möglich, die Tafel auf den schmalen Stufen an jemand anderen weiterzugeben, und gemeinsam konnten sie den schweren Stein dort schon gar nicht tragen. Also musste der Stärkste die Last auf sich nehmen.

Als sie schließlich am Fuß der schmalen Treppe anlangten, mussten sie feststellen, dass sich die Stufen nach dem zweiten Erdrutsch weiter verschoben hatten und noch weiter zerbröselt waren. Trotzdem mussten sie den gefährlichen Aufstieg wagen.

the same
dasselbe

Es war Loona, die plötzlich auf halber Höhe ins Leere trat. Reflexartig streckte Dragonqueen den Arm nach ihr aus, stieß einige Meter an der Felswand hinab, packte Loona und flog die zappelnde Elfe wieder nach oben.

"You saved my life, Dragonqueen!", keuchte Loona, als sie wieder das Geröll unter den Füßen spürte. "I ..."

"You would have done **the same**", unterbrach Dragonqueen sie unwirsch und drängte zum Weiterklettern.

Hätte ich sie wirklich auch gerettet?, fragte sich Loona während des restlichen Aufstiegs. Wie oft hatte sie der hübschen Elfe die grüne Pest an den schlanken Hals gewünscht! Jedes Mal, wenn sie mit Firebird flirtete, wenn Loona es genau nahm. Und auch immer dann, wenn sie Loona schnippische Antworten gab.

Nach einer halben Ewigkeit lagen die letzten bröckeligen Treppenstufen hinter ihnen. Alle ließen sich ins verdorrte Gras fallen, auch Firebird, weil die Steintafel sich mit jeder Stufe schwerer angefühlt hatte.

"I have to drink some water before we **go on**!" Als Firebird das sagte, klang es, als befänden sie sich auf einem Vergnügungsausflug.
Und wenn sie ganz ehrlich waren, dann war es noch beinahe vergnüglich. Der Weg über das Grasland barg offensichtlich keine Gefahr. Die Sonne stand inzwischen recht hoch am Himmel, und alles war gut zu überblicken – der milchige Schleier, dazwischen die blendende Helligkeit, die wie ein Blitz bis zum Erdboden reichte, dort wo der Riss im Himmel die Sonnenstrahlen ungehindert durchscheinen ließ. Ganz hatten sie sich an das ungewohnte Licht und die klare Sicht noch nicht gewöhnt. Ein bisschen unheimlich sah es aus, doch konnte es von Übel sein, wenn alles so klar zu erkennen war? An diesem Gedanken hielten sie sich fest.

go on weitergehen
turn abbiegen

"We have to **turn** left over there", sagte Twister, der wusste, dass sie sonst zum Big Lake gelangen würden und nicht durch den Wald nach Gemroc. Sie korrigierten ihren Kurs, und bald passierten sie vereinzelte Bäume.
Der Bewuchs wurde dichter, und sie konnten Gemroc nicht mehr sehen. Dadurch waren sie gezwungen, sich am Stand der Sonne zu orientieren, die genau über ihnen durch das dichte Blattwerk schien. Es half ihnen, am Waldboden besser zu sehen, als es im trüben Nebel möglich gewesen wäre. Schwierig war es allemal, denn die großen Schlinggewächse, die überall an den dicken Baumriesen emporwuchsen, gaben sich redlich Mühe,

mit großen Blättern Schatten zu spenden und damit die kümmerlichen Strauchgewächse am Fuße der Baumstämme klein zu halten. Die Sträucher waren blass und grau, schienen jedoch eine Möglichkeit gefunden zu haben, auch mit wenig Licht zu überleben. Unheimliche Schattenspiele sorgten dafür, dass ihnen die Geschichten von Silberpferden, Riesenvögeln und anderen wilden Kreaturen wieder einfielen, von denen Babaal und die alten Elfen oft erzählt hatten.

Sie trabten wohl eine halbe Stunde durch den Wald, als Whirlwind mit einem Mal geblendet wurde. Doch das Licht fiel nicht durch die Baumwipfel – es kam von unten.

"Shhh!" Sie legte einen Finger auf den Mund und deutete mit der anderen Hand auf einen bemoosten Stein. Dort saß der wunderbarste Schmetterling, den sie je gesehen hatte. Er schillerte in allen Farben, und Kristalle saßen auf seinen Flügeln, sodass er aussah wie ein Schmuckstück. Er war so groß wie Firebirds Hand.

Die Elfen hielten den Atem an, um das schöne Geschöpf nicht zu verscheuchen. Kurze Zeit später landeten zwei weitere Exemplare dieser Art auf dem Stein, und beinahe sah es aus, als hätten sie etwas zu besprechen.

Im Laub nebenan raschelte es. Eine Maus reckte vorwitzig ihre Nase nach oben. Die Schmetterlinge wurden aufgescheucht – so schien es zumindest. Doch statt erschrocken wegzuflattern, klappten sie ihre Flügel nach hinten und schossen im Sturzflug auf die Maus zu. Die Schmetterlingsmäuler waren weit aufgerissen, und spitze

Zähne schauten daraus hervor. Bevor die Maus auch nur ahnte, was geschehen würde, war sie auch schon bis auf die Knochen abgenagt.
Die Gefährten liefen davon, so rasch sie es mit der Steintafel konnten. Nur Dragonqueen blieb unbemerkt ein wenig zurück, schloss aber bald wieder zu den anderen auf.
"We **should get out of** this forest as fast as possible", sagte Twister. Er wirkte bedrückt, und niemand widersprach ihm.
Sie machten keine Pause, sondern schritten zügig aus. An einem Bach stillten sie ihren Durst, um die mitgebrachten Wasserschläuche nicht allzu schnell zu leeren. Der Bach war felsig und floss schnell, da es seit einiger Zeit bergab ging. Das Wasser war kühl, klar und erfrischend. Sie beschlossen, dem Lauf ein Stück zu folgen, solange er offenbar in die Richtung floss, die sie ohnehin einschlagen mussten.

should get out of sollten rauskommen aus

Das Wasser plätscherte laut neben ihnen, wenn es über die Steine ein Stückchen in die Tiefe stürzte. Twister beobachtete ein Aststück, das von einem Baum gefallen sein musste. Es folgte dem Strom, wurde bei den winzigen Wasserstrudeln unter die Oberfläche gedrückt, tauchte wieder auf, drehte sich wirbelnd um die eigene Achse, um anschließend von anderen Strömungen wieder weitergetragen zu werden, wo Twister es schließlich aus den Augen verlor. Als die Sonne tiefer stand und die neblige Stimmung um sie

herum wieder so war, wie sie es seit eh und je kannten, wurde es stiller. Der Bach floss jetzt in einer Ebene und das Gelände wurde weniger felsig.
Sie spürten wieder den weichen Waldboden unter den Füßen.
Alles wirkte friedlich.
"I think we **should camp** here tonight", verkündete Firebird. "We'll reach Gemroc tomorrow."
Niemand hatte etwas dagegen einzuwenden, zumal sie davon ausgingen, jetzt weit genug von den gefährlichen Schmetterlingen entfernt zu sein. Eifrig bauten sie die Zelte am Rande einer kleinen Lichtung auf. Sie entschieden sich gegen ein Feuer, um keine unnötige Aufmerksamkeit zu erregen. So aßen sie im Dunkeln von Lavenders Trockenwurzelextrakt und redeten. Alle hatten Angst vor dem, was sie am nächsten Tag erwarten würde, und lenkten sich mit Geschichten über Fabelwesen ab, die in diesem Wald ihr Unwesen treiben sollten.

should camp
sollten Rast machen

"The butterflies are obviously magical creatures. And they say silver horses live in this forest, too!", sagte Whirlwind. Sie war nicht leichtgläubig, aber es hätte ihr gefallen, wenn es Silberpferde wirklich geben würde. Sie glaubte lieber an silberne Pferde als an die Existenz einer Kreatur wie Mighty Shadow.
"I heard Babaal talk about creatures he called human beings", schaltete Twister sich ein. "He told me they can be friendly, but also dangerous."

"What do they look like?", wollte Firebird wissen, grinste dabei aber, weil er sicher war, dass diese 'Menschen' ebenfalls erfunden waren.

round runden
except außer

"Babaal said they look like elves, but without wings and with **round** ears. And much bigger!"
Firebird lachte herzlich und wuschelte Twister durch die Haare. Die anderen stimmten in das Gelächter ein und redeten noch ein Weilchen, bevor sie sich schließlich schlafen legten. Bis auf Dragonqueen, die die erste Wache übernahm.
Firebird weckte alle im Morgengrauen, als das silberne Licht des Mondes noch nicht ganz aus den Nebelschwaden verschwunden war.
"Look! Over there!" Er legte einen Finger auf die Lippen und deutete auf die Lichtung.
Dort standen vier Silberpferde und grasten, als hätten sie die Elfen nicht bemerkt. Vielleicht interessierten sie sie auch einfach nicht.
"I knew it!", flüsterte Whirlwind. "I knew there must really be silver horses! There couldn't only be evil magical creatures."
"They're so beautiful", sagte Loona andächtig. Sogar Dragonqueen sagte, sie hätte so etwas Schönes noch nie zuvor gesehen.
"**Except** my face in the mirror, of course!", setzte sie hinzu, und Loona vergaß für einen Moment, dass Dragonqueen ihr das Leben gerettet hatte und sie dankbarer hatte sein wollen.

"I hope these horses aren't as dangerous as the butterflies", wagte Twister anzumerken.
Sie waren so von der Schönheit der Pferde gefesselt, dass sie nicht merkten, wie sich von hinten etwas anschlich.

The Woof

Marvilon knew that the Mighty Shadow would do everything he could to stop the Prophecy from being fulfilled. But the elf-girl who makes the tablet whole again will be able to enter the cave of Gemroc and heal rejected love with innocence. This will break the curse, free the Little Folk, and take the anger away from Gawaloin's heart.

Die Silberpferde hoben gleichzeitig die Köpfe, blähten die Nüstern und drehten ihre Ohren. Sie scharrten unruhig mit den Hufen – dann ging alles ganz schnell.
Hinter den Elfen brach ein Tier aus dem Gebüsch und raste auf die Lichtung zu. Es war groß wie ein Kalb, schnell wie ein Gepard, wendig wie ein Hase und sah aus wie ein langhaariger Hund. Er bekam den Schweif eines der Pferde zu fassen, die in wilder Hast davongaloppierten, doch mehr als eine silbrig glänzende Strähne brachte ihm der Angriff nicht ein. Die Strähne verfing sich in seinen Lefzen und wehte hinter ihm her, als er abdrehte und mit unverminderter Geschwindigkeit genau auf die kleine Elfenschar zuhielt.
Dragonqueen und Firebird hatten im Nu Pfeil und Bogen im Anschlag. Loona und Whirlwind suchten Schutz hinter einem Baum, und Twister duckte sich reflexartig hinter einen Busch, als das Tier vor ihnen stehen blieb und sie ansprach.
"Have these horses been here long?"

Whirlwind war zu verdattert, um zu antworten, und auch Twister brachte kein Wort heraus. Doch Loona schien sich nicht weiter darüber zu wundern, dass dieses riesige Tier sprechen konnte.

existed existierten
real wirklich

"We don't know, Woof. We just woke up and saw them."

"Woof?", flüsterte Twister. "Have you ever heard of *Woof*?"

Whirlwind schüttelte den Kopf.

"The Woof is another creature Babaal told stories about", sagte Loona leise. "I didn't think they really **existed**, but obviously they do."

Das Tier blickte in ihre Richtung. Die silbrig glänzenden Haare hingen noch immer an seiner Schnauze.

"Yes – I am as **real** as you elves. And as real as these silver horses." Mit der linken Pfote strich sich der Woof über die Schnauze und schüttelte die Silberfäden ab. Dabei fiel sein Blick auf die halbe Steintafel, die auf dem weichen Waldboden lag.

"Aaaaahh", sagte der Woof gedehnt. "You are going to fulfil the Prophecy! I thought the day would never come!" Als sei er darüber sehr erleichtert, ließ er sich auf den Bauch fallen und hechelte zufrieden.

"What do you know about the Prophecy?", fragte Whirlwind entgeistert.

"Everything. And nothing." Der Woof gähnte einmal herzhaft und sah Whirlwind mit bernsteinfarbenen Augen an. "But I do know where the other half of the stone tablet is."

Er sagte es, als würde er feststellen, dass die Nacht auf den Tag folgte. Das war seltsam, doch was war in den letzten Stunden nicht seltsam gewesen?
"You know that?" Twisters Stimme überschlug sich beinahe. "Will you take us there?"
Der Woof sah ihn starr an, als würde er auf etwas warten. Als Twister nicht begriff, sagte er: "Try saying 'please'?"
Ein lebendig gewordenes Fabeltier mit Manieren? Whirlwind konnte kaum glauben, was sie hörte, und auch die anderen sahen irritiert aus.
Twister war rot angelaufen.
"Would you … *please* take us to the other half of the stone tablet?", stotterte er.
Der Woof legte den Kopf schief, als überlegte er, ob er wirklich Lust hätte, den Elfen zu helfen. Schließlich seufzte er.
"All right. I don't want to be **blamed** if this silly prophecy isn't fulfilled. All the **talk** about the Mighty Shadow – whoever he is – is starting to **get on** my **nerves**."
Der Woof drehte ihnen den Rücken zu und ging ein paar Schritte. Die Elfen standen noch immer am selben Fleck. Schließlich wandte sich das Tier zu ihnen um.
"What are you waiting for? I thought you were looking for something. Follow me!"
Firebird nahm die Steintafel, die anderen den Proviant. Sie setzten sich in Bewegung und folgten dem Woof durchs Unterholz, dorthin, wo der Wald wieder dichter wurde.

blamed beschuldigt
talk Gerede
get on … nerves … auf die Nerven gehen

So schnell der Woof zuvor auch den Pferden hinterhergejagt war – nun schien er alle Zeit der Welt zu haben. Er trabte gemächlich vor sich hin, trank hier einen Schluck Wasser aus der leise dahinplätschernden Quelle, schnupperte dort an einer Blume, die sich durch die dichte Laubdecke gekämpft hatte. Sie gingen Stunde um Stunde.

"Hey, where are we going?", rief Firebird ihm irgendwann zu. "We have to reach Gemroc in the afternoon. We don't want to **get there** in the dark!"

get there dahinkommen
strange seltsam
isn't it? nicht wahr?

Der Woof schüttelte seine lange, graue Mähne.

"Gemroc is the home of the Army of Darkness, but Gemroc hates the dark. **Strange, isn't it?**"

"We don't know where you're taking us", sagte Dragonqueen böse. "You could be taking us to the stone tablet, or to someone who's going to kill us!"

"Believe me", antwortete der Woof, "if I had wanted to, I could have killed you all a thousand times already." Wie zur Bekräftigung riss er sein großes Maul auf und fletschte die Zähne. Dragonqueen und Firebird hatten sofort die Hand an ihren Bögen – doch hätte der Woof Ernst machen wollen, wären sie ohnehin nicht schnell genug gewesen.

Der Woof wusste das. Er lachte ein seltsames Lachen, das wie eine Mischung aus Gebell und Quaken klang, und setzte seinen Weg unbeirrt fort.

Sie gingen und gingen, die schwere Steintafel mit sich tragend. Der Abstand der Bäume vergrößerte sich endlich, und auch das Unterholz wurde wieder lichter. Schließlich waren erste Felsbrocken zu sehen – die Ausläufer von Gemroc.
"I thought it would be sparkling with jewels", maulte Dragonqueen enttäuscht.
"Oh, you **were expecting** something from a **fairy tale**?" Loona war schon wieder zickiger, als sie eigentlich beabsichtigt hatte.
"From the outside, Gemroc looks like ordinary grey rock. Its **beauty** is inside!", sagte der Woof, und falls Woofs grinsen können, so tat er das in diesem Moment.
Sie gingen noch einige hundert Meter hinter dem Woof her und mussten dabei über immer mehr Geröll steigen. Das war besonders beschwerlich für Firebird, da er gerade die Steintafel trug.

were expecting hast erwartet
fairy tale Märchen
beauty Schönheit
hidden versteckt
either ... or entweder ... oder
memory Gedächtnis

Schließlich blieb der Woof stehen und hielt die Nase schnuppernd in die Luft. Dann sah er sich suchend um.
"It must be somewhere around here." Er schob einige Steine mit der Schnauze zur Seite und kratzte mit der Pfote über den Boden. "Hmm. **Either** it's been **hidden** by the landslide, **or** my **memory** is not as good as it was."
Die Elfen stöhnten.
"I hope I'm dreaming!", wisperte Twister Whirlwind zu, doch die schüttelte bedauernd den Kopf.

"No, you're not. The only creature who can help us find the tablet is this crazy talking animal that**'s forgotten** where it is."

"I heard that", sagte der Woof, ohne sich umzudrehen. "Why don't you help me look, instead of **making fun of** me?"

Die Elfen schwärmten aus und drehten im Umkreis von hundert Metern jeden Stein um. Nur Loona blieb, wo sie war – sie hockte zwischen den Steinen, um auf den bereits gefundenen Teil der Steintafel aufzupassen. Nicht auszudenken, wenn jemand sich anschleichen und sie entwenden würde! Schließlich wussten sie nicht, welche seltsamen Kreaturen sich noch in dieser Gegend aufhielten.

Whirlwind ging weiter auf den Eingang von Gemroc zu. Er lag noch in einiger Entfernung, und trotzdem hatte sie ein mulmiges Gefühl. Vor allem wenn sie daran dachte, dass sie später noch würde hineingehen müssen. Hier waren die Gesteinsbrocken schon größer, und es bedurfte einiger Kraft, sie anzuheben. Gerade dachte sie, sie hätte Erfolg gehabt, als Firebird sie zurückrief:

has forgotten hat vergessen
making fun of ... über ... lustig zu machen

"Whirlwind, come here! I've found it!"

Doch als Whirlwind bei Firebird ankam, musste dieser zugeben, dass er sich geirrt hatte. Die vermeintlichen Buchstaben unter dem Staub auf dem Stein, den er gefunden hatte, waren nichts weiter als Einkerbungen, die zufällig entstanden sein konnten.

So mussten sie weitersuchen. Auch der Woof lief umher und ließ seinen Blick umherschweifen. Am Rande des Geröllfeldes fand er eine runde Stelle, die mit Erde bedeckt war, daneben ein kleines Loch. Er schnüffelte an dem Loch, streckte die Schnauze weiter hinein und zuckte mit einem Schmerzenslaut zurück.
"Ouch!"
Blut tropfte ihm von der Nase. Das Tier, das offensichtlich in der Erdhöhle wohnte, war klein und flink. Es schoss aus dem Bau, wohl um den Eindringling zu vertreiben. Zu spät bemerkte es, mit wem es sich angelegt hatte. Der Woof sprang zum Eingang des Baus und versperrte den Rückweg, woraufhin das pelzige braune Tier die Flucht ergriff und im Zickzack über das Geröllfeld hoppelte, verfolgt vom Woof, der jedoch bald aufgab und sich den Weg zurück zu dem Bau erschnüffelte.
Es befand sich kein weiteres Tier darin, und der Woof buddelte die sandige Stelle neben dem Loch auf.
"It must be here somewhere", murmelte er, kratzte weiter mit den Pfoten in der Erde und legte schließlich etwas Glattes frei.
Firebird, der hinzugekommen war, sah es zuerst: Das musste die Tafel sein! Beim Graben seines Baus musste das Tier die Steintafel mit Erde und Kies zugeschüttet haben. Aber wer wusste schon, wie lange sie dort gelegen haben mochte?
Firebird half dem Woof, die Platte weiter von der Erdschicht zu befreien. Dragonqueen, Twister und Whirlwind traten hinzu.

read out loud
laut lesen

Bald sahen sie, dass es sich um den zweiten Teil der Prophezeiung handeln musste. Die Bruchkante stimmte mit der der anderen Tafel überein, und sie erkannten verwitterte Buchstaben. Feierlich legten sie den Stein gänzlich frei, und Firebird trug ihn zu Loona, die am Rande des Geröllfeldes wartete.
Sie versammelten sich im Kreis.
"Whirlwind and Twister, you must put them together", sagte Loona, und alle nickten zustimmend.
"I'm afraid", sagte Twister. "What will happen when we do?"
"We'll just have to see. You must put them back together – otherwise we've come all this way for nothing", sagte Dragonqueen unwirsch.
Der Woof stand neben ihnen und beobachtete sie.
"I'm here with you, Twister", sagte Whirlwind und drückte seine Hand. "Let's count to three – then we'll do it!"
Twister nickte, sah aber bleich aus.
"One, two … three!"
Sie schoben die beiden Bruchstücke zusammen und spürten förmlich, wie sie an der Kante einrasteten. Langsam verschwand der Riss, und Minuten später lag die Tafel in einem einzigen Teil vor ihnen, als wäre sie nie geteilt worden.
Das war alles.
"Maybe we have to **read** the Prophecy **out loud**?" Whirlwind sah die anderen an. Alle blickten ratlos, und auch

der Woof schien keine Meinung dazu zu haben. Also las sie, so laut so konnte:

"Keep away from Gemroc!
The day when innocent people
disturb the silence of Gemroc
will be the day when the Mighty Shadow
will arise and bring destruction on the
Little Folk, until the hour when the
secret is revealed."

Stille.

Kein Erdrutsch, kein Donnergrollen, kein Feuer am Horizont. Kein Grashalm bewegte sich, und es war, als hätten sogar die Vögel den Atem angehalten, um auf das zu lauschen, was nun passieren würde.

Doch es geschah rein gar nichts.

Stattdessen räusperte sich der Woof. "I think it's time for my **reward**!"

"What reward?"

"Did you really think I would help you to find the other half of the tablet without a reward?" Der Woof sah ehrlich erstaunt aus.

"But nothing happened! I didn't feel anything! Did you?"

reward
Belohnung

"That doesn't matter. You asked me to find the other half of the stone tablet for you, and I did. Now I want my reward. It's not my fault that nothing happened when you put them together."

"You should have said something before", sagte Whirlwind. "We thought you just wanted to help us. To help

are suffering leiden
deaf taub
lonely einsamer
company Gesellschaft
ridiculous lächerlich
shoot erschießen
arrows Pfeile

all the creatures who **are suffering** under the Mighty Shadow."
Der Woof schwieg dazu.
"So what do you want for your help?"
Der Woof sah Whirlwind durchdringend an. "I want you."
Whirlwind glaubte sich verhört zu haben.
"What?"
"Are you **deaf**? I said, I want you!"
Whirlwind schüttelte entsetzt den Kopf.
Firebird und Dragonqueen griffen zu Pfeil und Bogen. Bevor sie Ernst machen konnten, begann der Woof zu sprechen.
"I'm a **lonely** Woof. There are no other Woofs in the forest, and all the other creatures are afraid of me because I am so big. I need someone to talk to, to play with. I need **company**!"
Es hätte nicht viel gefehlt und Whirlwind hätte lauthals gelacht.
"You want me to be your friend? That's **ridiculous**!"
Der Woof baute sich bedrohlich nah vor ihr auf und fletschte die Zähne.
"Ridiculous? You think so? I say it's ridiculous to believe that putting two stones together will change the world! You are coming with me."
"Don't force us to **shoot** you!", sagte Firebird und zog die Sehne seines Bogens noch ein wenig weiter zurück.
"Oh, I don't mind. Your little **arrows** won't hurt me. You can try, if you want."

Der Woof machte einen Schritt auf Whirlwind zu. Whirlwind wollte nicht, dass die Elfen das Tier erschossen, schließlich hatte es ihnen geholfen. Doch sie mussten ihn loswerden, denn sie hatte noch eine Mission zu erfüllen.

Da trat Dragonqueen vor. Sie hatte Pfeil und Bogen ins Gras gelegt. In ihrer Hand hielt sie eine große goldene Dose. Whirlwind erinnerte sich, dass sie darin die Farben aufbewahrte, mit denen sie ihr Gesicht zu bemalen pflegte. Sie konnte kaum glauben, dass sie die wirklich mitgenommen hatte. Was wollte sie damit nur?

"Here's your reward, Woof!", sagte Dragonqueen, stellte sich direkt vor ihn und öffnete den Deckel.

Einer der Brillantschmetterlinge schoss daraus hervor und nahm direkten Kurs auf die Kehle des Woofs. Der riss die Augen auf, drehte sich um und hetzte davon, wie von tausend dunklen Mächten gejagt. Schon nach wenigen Sekunden war von ihm nicht mehr zu sehen als der aufgewirbelte Staub, der sich langsam wieder hinabsenkte und vor den Elfen zu Boden fiel.

"Sometimes your love of beauty is useful **after all**", stellte Firebird trocken fest.

"Thank you, Dragonqueen. I think you saved my sister's life", sagte Loona und sah, dass Dragonqueen sie zum ersten Mal anlächelte. Zwar blieb es ihr ein Rätsel, wie sie diesen bissigen Schmetterling hatte einfangen können, doch sie konnte ja auch Männer in ihren Bann ziehen – vielleicht war das dieselbe Form von Magie.

after all doch

The Girl

When the curse is broken, I too will be released. The Mighty Shadow punished me by making me immortal, like him, because I warned our people that his black dragons were coming to destroy us. Marvilon died many years ago of a broken heart, but I am not allowed to die.

Bevor sie sich zum Eingang von Gemroc aufmachten, hatten die Elfen zunächst die Steintafel mit der Prophezeiung an Ort und Stelle eingegraben und sie mit einem kleinen Steinkreis markiert. So konnten sie sie zur Not finden, doch niemand würde zufällig darüber stolpern. Keine der Elfen hätte es genau erklären können, aber sie fühlten, dass besser Gras über die Sache wachsen sollte, und zwar im wahrsten Sinn des Wortes.

Es war schon relativ spät, und da sie nicht wussten, was geschehen würde, wenn sie vor dem Eingang von Gemroc standen, wollten sie lieber sicher gehen, dass es lange genug hell sein würde. Sie kamen überein, nach einem Rastplatz zu suchen.

Sie teilten sich auf. Loona und Whirlwind gingen zusammen. Ein großer Gasperbusch lag am Weg, und Loona wich erschrocken zurück, als sie um den Strauch herumging. Whirlwind, die direkt hinter ihr war, prallte gegen ihre Flügel. Dann lugte sie an ihr vorbei und sah, was ihre Schwester dazu gebracht hatte, so abrupt stehen zu bleiben.

Dort hockte ein Wesen, das aussah wie ein sehr großes Elfenmädchen ohne Flügel. Halblange dunkle Haare hingen feucht und wirr in ihrem Gesicht. Es hatte am Bauch eine kleine runde Vertiefung, darunter war ein Fetzen Stoff um seinen braunen Körper gewickelt. Aus dunklen, feurigen Augen sah es sie erschrocken an. Aber es lief nicht weg, sondern blieb sitzen und wartete ab, was geschehen würde.

Weil die Elfen sich nicht bewegten, wagte das Mädchen zu lächeln.

Da niemand etwas sagte, ergriff Whirlwind das Wort.

“Who are you?”, sagte sie langsam.

“I'm Xena”, antwortete das Mädchen zögernd.

“Which people do you **belong to**?”

Mit dieser Frage konnte die Kleine offenbar nicht viel anfangen. Sie zeigte hinter sich.

“I'm here with my family.”

“Where is your family from?”

“We come from behind the mountains.”

“Why do you have a shadow?” Whirlwind deutete auf den dunklen Schatten, der sich neben dem Mädchen auf dem Boden ausbreitete und jede Bewegung mitmachte.

Xena lachte.

“Everyone has a shadow!” Als wollte sie das bekräftigen, zeigte sie neben den Elfenmädchen auf den Boden – und hielt verdutzt inne. Sie sah Loona und Whirlwind an und stellte die Frage, die ihr nun auf der Seele brannte: “I've never seen anyone like you. But my mother has told me stories about little creatures with sparkling wings.

belong to
gehörst an

Creatures that dance in the **moonlight**. She called them elves. Are you elves?"
Loona lächelte.
"Your mother is right. We are elves – the Little Folk. We come from the valley on the other **side** of the forest, and we are the last of our people."
Mit einem Anflug von Trauer dachte sie an ihre Eltern.
"That can't be true! My friend told me there were elves living here in a wonderful **palace**!"

moonlight Mondlicht
side Seite
palace Palast
teases hänselt

"No, Xena, we don't live in palaces. But if you know that we are elves, won't you tell us what you are?"
Xena lachte laut, so als wollte sie gar nicht mehr aufhören.
"I'm human, of course"
"So it's true", murmelte Whirlwind.
"And I always thought human beings were just creatures in Babaal's fairy tales!", schaltete sich Twister ein. Er, Firebird und Dragonqueen hatten den Gasperbusch erreicht und betrachteten das fremde große Mädchen erstaunt.
"My brother always tells me I'm crazy when I talk to him about the elves from the palace. He **teases** me and says I'm a baby to believe Mum's stories. But my friend said she'd seen elves with her own eyes, and I believed her. And now I've seen you too. You're real! I'm not dreaming, am I?" Xena kniff sich mit Daumen und Zeigefinger der rechten Hand in ihre Wange. "Ouch!"

"It was nice **to meet** you, Xena. But you should go back to your family", sagte Firebird, dem die Erwähnung von Xenas Bruder ein wenig Sorge bereiteten. "It won't be good for us if more humans find out that we are here. Maybe not all of them are as nice as you." Er lächelte die Kleine freundlich an.

"I understand. I'll go now. I'm so happy **I've met** you!" Das Mädchen sprang auf die Füße, winkte fröhlich in die Runde und verschwand hinter den Büschen.

"So what do you think?", fragte Firebird.

"About what?" Twister fand, es waren genügend Dinge passiert, über die man sich ernsthafte Gedanken machen sollte.

to meet zu treffen
have met getroffen habe
don't blame ... wirf ... nicht vor
a lot (of) viel(e)

"Babaal has always told us that we are the last of our people. But perhaps there are other elves somewhere?"

"Babaal told us many things", gab Loona zurück. "But there was obviously more that he didn't tell us. Maybe he has even met human beings?"

Whirlwind schwieg. Niemand außer ihr wusste das. Sie alle hatten seine Erzählungen für Märchen gehalten. Warum hatte Babaal nicht gesagt, dass es eine völlig andere Welt neben der ihren gab? Dann wären sie besser auf alles vorbereitet gewesen. Doch ausgerechnet Dragonqueen nahm Babaal in Schutz.

"**Don't blame** him for not telling us. I'm sure he was only trying to protect us. He's a very old man. I'm sure there are **a lot of** things he's forgotten."

Sie sprachen weiter darüber, ob Babaal richtig gehandelt hatte, während sie ihren Rastplatz hinter den Büschen herrichteten. Sie aßen von dem Trockenwurzelextrakt und tranken Wasser dazu. Da sie lange gelaufen waren, wurden sie rasch müde. Whirlwind bot an, die erste Wache zu übernehmen.
Sie setzte sich im Schneidersitz vor die Büsche und lauschte auf die Atemzüge ihrer Gefährten. Als sie sicher war, dass alle schliefen, stand sie vorsichtig auf, hängte sich die kleine Tasche um, die sie aus dem Dorf mitgenommen hatte, und schlich sich davon.

The Crystals of Gemroc

I have been waiting for the brave, clever elf-girl of the Prophecy, the one who will be able to break the curse. When I am free I will go back to where the humans live, and when I find someone who will listen to our story, the story of the Little Folk, I will finally be able to die. The day has not yet come, but I know that it will. I can feel it.

Whirlwind hörte Twister hinter sich rufen. Er musste aufgewacht sein und bemerkt haben, dass sie nicht mehr da war.
"What are you doing over there?"
"It's all right, Twister. Stay with the others!"
"I'm not leaving you alone! What if the Woof comes back?"
So sehr sie Twisters Fürsorge normalerweise zu schätzen wusste, jetzt hatte sie Angst, dass ihre Mission scheitern würde. Sie kletterte schneller über das Geröll – und stolperte. Bis sie sich aufgerappelt hatte, war Twister hinter ihr.
"What are you doing?", wiederholte er und half ihr auf.
"Going for a walk", sagte Whirlwind trotzig und sah Twister böse an.
Sie rang mit sich. Babaal hatte gesagt, sie sollte niemandem erzählen, was sie zu tun hatte – ganz besonders Twister nicht. Aber sie musste ihm ja nicht alles sagen.

"I have to go to the cave of Gemroc."
"That's too dangerous! Why do you have to go there?"
"I don't think the Prophecy has been fulfilled."
"What do you mean? We put the tablet back together, just as Babaal told us to do."
"And? Did anything happen?" Whirlwind sah Twister herausfordend an.
"You're crazy! The Prophecy is years old. Gemroc isn't waiting for you!"
"You don't understand. I have to do this."
"It's too dangerous!"
"Nothing will happen to me. I'm still a young elf. I haven't been initiated yet."
"Don't argue with me! You're coming back!" Twister nahm ihre Hand und versuchte, sie in die andere Richtung zu ziehen, doch sie entwand sich. Ihm blieb nichts anderes übrig, als ihr hinterherzuklettern. Wieder einmal.
Als Twister fortfuhr, auf sie einzureden, steckte Whirlwind sich die Finger in die Ohren und begann zu singen. Twister war wütend auf sie, doch er konnte und wollte sie nicht allein ziehen lassen. Also ging er schließlich mit ihr, auch wenn Whirlwind wusste, dass alles in ihm schrie, dass es falsch wäre, was sie taten.
Sie erreichten den Eingang der Höhle.
"Oh! This is so beautiful!"
"Beautiful things can also be very dangerous. Remember the butterfly?" Trotzdem musste Twister zugeben, dass der Anblick faszinierend war.

Aus einer riesigen Höhle blitzten sie kalte, weiße Kristalle an, kantig und gefährlich. Sie wuchsen aus dem Boden, aus den Wänden, aus der Höhlendecke. Unbestritten wunderbar war das Licht, dass sich in ihnen brach, schöner als ein Tautropfen es je einzufangen vermochte. Die Kristalle schienen jedoch aus sich selbst heraus zu leuchten, denn sie strahlten im Höhleninneren ebenso hell wie außen am Felsen. Kein Wunder, dass der Woof gesagt hatte: "Gemroc hates the dark."

"So this is Gemroc." Mehr konnte Whirlwind nicht sagen. Es war einfach überwältigend in seiner Vollkommenheit.

"Wow. It's **amazing**."

Whirlwind zwinkerte Twister zu. "We have to **take a closer look**!"

Sie setzte ihren nackten Fuß auf die kleinen Kristalle, die am Rand der verbotenen Höhle zwischen den grauen Steinen lagen, und zog ihn sofort wieder zurück.

"What's the matter?" Twister schrie lauter, als er beabsichtigt hatte.

"It's cold! Feel."

Sie nahm seine Hand, und Twister ließ es geschehen, dass seine Finger den eisigen Kristall berührten. Es war ein Gefühl, als flösse Lebensenergie aus ihm heraus.

Whirlwind ließ seine Hand los und ging entschlossen in die Höhle hinein.

"Come away", bat er sie und folgte ihr rasch. "You've seen Gemroc now. Let's go back to the others. They're

amazing verblüffend
take a closer look es näher anschauen

waiting for us." Bei den letzten Worten hatte er sie bei den Schultern genommen und ihr eindringlich in die Augen geschaut.

souvenir Andenken
get holen

Whirlwind schlug die Augen nieder. Noch war ihre Mission nicht beendet.

"All right. But I want to take this crystal with me as a **souvenir**."

Sie kramte in der kleinen Tasche und holte eines der Kaluablätter heraus, die sie noch im Tal dort hineingesteckt hatte. Sie griff damit vorsichtig nach dem eisigen Stein, der am hellsten leuchtete, und hüllte ihn ganz mit dem Blatt ein, bevor sie ihn in ihre Tasche steckte.

Gerade als Twister erleichtert aufatmete, stieß Whirlwind einen kleinen Schrei aus. Er sah, was sie sah: einen blutroten Stein inmitten der weiß schillernden Kristallhöhle. Nicht nur, dass sie ihn zuvor nicht bemerkt hatten – er wurde auch zusehends größer. Kristall für Kristall in seiner Umgebung färbte sich flammend rot.

"Whirlwind, we shouldn't be here!" In Twisters Stimme schwang eindeutig Panik.

"No, Twister, it's a sign. A sign for us! I have to **get** one of these crystals!", entgegnete Whirlwind.

"Whirlwind, please! If I mean anything to you, come with me! We have to get out of here now!"

Whirlwind blickte ihm fest in die Augen und nahm seine Hand.

"You mean a lot to me, Twister. You know that. But I have to do this. It's my mission."

Sie gab seine Hand wieder frei. Ohne Twister weiter zu beachten, wickelte sie sich einige Kaluablätter um die Füße, um die Kälte abzuwehren und sich gegen Verletzungen durch die scharfen Kanten zu schützen. Dann trat sie tiefer in die Höhle von Gemroc.

Sei kein Feigling, mahnte er sich selbst, sie weiß, was sie tut. Doch dann fiel ihm ein, wie sie sich am Big Lake unnötig in Gefahr gebracht hatte, und sein Herz klopfte wieder schneller.

Whirlwind war fast bei den roten Kristallen angekommen – oder sollte er sagen, das Rot war fast bei ihr angekommen? Sie strauchelte, weil sie offenbar an einer besonders spitzen Zacke hängen geblieben war, und musste sich mit einer Hand abstützen, zog sie aber sofort wieder zurück, so kalt war es.

Schließlich hatte sie sich den roten Kristallen so weit genähert, dass sie nur noch die Hand ausstrecken musste, um sie zu berühren. Twister sah sie danach greifen, aber sie hielt inne, bevor sie den Kristall berührte, der ihr am nächsten lag.

"It's very hot!" Ihre Stimme hallte durch die Höhle.

"Don't touch it!" Twister ahnte schon, dass sie wieder nicht auf ihn hören würde, und er wurde nicht enttäuscht. Sie nahm mehrere Kaluablätter aus der Tasche und legte sie übereinander, wie Twister es immer tat, wenn er einen Topf vom Feuer nahm. Offenbar wollte sie diesen Kristall ebenso "ernten" wie den kalten Stein am Rande der Höhle. Er ließ sich jedoch nicht so einfach aufheben; offenbar war er mit der Umgebung verwachsen oder verschmolzen, genau wie die anderen roten Steine, an die Whirlwind heranreichen konnte. Whirlwind war jedoch hartnäckig. Sie zerrte an einem der roten Kristalle, bis sie ihn endlich herausgezogen hatte.

Im Nachhinein hätte Twister nicht sagen können, was sich zuerst ereignet hatte: das Anschwellen des Getöses, das direkt über seinem Kopf zu dröhnen schien, das Herausziehen des Kristalls, das Beben der Erde, oder waren zuerst die Steine rundum auf die Erde geprasselt? Whirlwind blickte irritiert in Richtung Höhleneingang, als die ersten Steine fielen, ganz so, als ob sie nicht glauben könne, was passierte.
"Get out of here!", schrie Twister sie an, weil er befürchtete, die Höhle könnte einstürzen. Als sie nicht reagierte, stürmte er zu ihr, ungeachtet der eiskalten Kristalle. Er erreichte Whirlwind und wollte sie mit sich ziehen, aber an jenem Tag versuchte er das stets vergeblich.
"Stay with me! We're safer in here than outside. Look!" Vor dem Höhleneingang schlugen Steine und Geröll herab. Etliche Felsbrocken schienen den Abhang hinunterzurollen, den sie eben hinaufgeklettert waren. In der Höhle selbst geschah nichts. Sie brach nicht in sich zusammen, die Kristalle blieben, wo sie waren, und das Rot breitete sich nicht weiter aus.
Twister und Whirlwind standen aneinandergeschmiegt, die Hände auf die spitzen Ohren gedrückt, weil das

Getöse gar zu laut war. Aber der Krach verschwand ebenso plötzlich, wie er gekommen war.
Trotz allem rührten sich die beiden lange Zeit nicht, aus Angst, dass sie mit jeder Bewegung einen neuen Steinschlag auslösen könnten. Irgendwann ließen sie sich los.
Sie sahen sich nicht an, sie waren von seltener Einigkeit darin, dass sie schnellstens von diesem Ort verschwinden müssten.
Whirlwind hatte es tatsächlich irgendwie geschafft, den roten Kristall herauszubrechen, in ein Kaluablatt zu wickeln und in ihre Tasche zu stecken.
Vor dem Höhleneingang hatten sich die herabgefallenen Steine so hoch getürmt, dass nur ein winziges Loch ganz oben den Blick nach draußen freigab.

glow glimmen
way out Ausweg

"It's a good thing the crystals **glow**, or we wouldn't be able to see in here."
Twister schaute sich um, in der Hoffnung, irgendwo in der Nähe einen zweiten Ausgang zu entdecken. Aber die Höhle schien lediglich breiter zu werden, je tiefer es in sie hineinging. Twister fühlte sich keineswegs wohl bei dem Gedanken, durch eine unbekannte Eiskristallhöhle zu wandern, die sich jederzeit komplett in eine glühende Hölle verwandeln konnte.
"There must be another **way out**. Come on." Whirlwind machte seine Hoffnung zunichte, dass er um die weitere Erforschung der Höhle herumkommen würde.
"Don't look at me like that!", sagte sie und ging entschlossen voran.

Sie liefen schweigend, immer nahe der Wand, weil sie sich in der Mitte der Höhle nicht sicher fühlten. Nach einiger Zeit wurde die Grotte wieder schmaler und machte eine leichte Biegung nach links. Dort schien das Strahlen der Kristalle nachzulassen, denn es wurde merklich dunkler und kühler. Die Höhle selbst, die vorn noch relativ gerade Wände hatte, wurde zerklüfteter. Kleine Vorsprünge und niedrige Mauern zwangen sie immer wieder, ein Stück von der Höhlenwand abzurücken.
"Did you hear that?", sagte Whirlwind plötzlich, blieb stehen und lauschte.
Twister horchte angestrengt in die Stille.
"What do you mean? I didn't hear anything."
"It sounded like someone laughing."
"I think we should go back. I don't think this cave has another way out."
"Just a little further", bettelte Whirlwind.
Doch die Entscheidung wurde ihnen abgenommen.
Mit allem hätte Whirlwind gerechnet, nur nicht damit, dass drei große haarige Wesen brüllend hinter der Felsnase hervorstürmen würden. Noch aus einiger Entfernung konnte sie die weit aufgerissenen Mäuler erkennen, aus denen spitze Zahnreihen regelrecht zu leuchten schienen. Sie kamen genau auf sie zu und brüllten aus Leibeskräften.
Nach einer Schrecksekunde machte Whirlwind kehrt; sie zog Twister mit und lief auf den verschütteten Ausgang zu. Die Kristalle ritzten ihre Fußsohlen trotz der Blätter, aber sie merkte es kaum. Nur ein Gedanke

beherrschte sie: Wir müssen den Ausgang erreichen und irgendwie hinauskommen …
Die wilden, glutäugigen Kreaturen kamen rasch näher. Sie konnten zwar aufrecht gehen, hatten sich aber auf die Arme fallen lassen und galoppierten auf diese Weise mühelos über die Kristalle. Sie mussten zentimeterdicke Hornhaut unter den Füßen und an den Handflächen haben.
Whirlwind konnte den Geröllhügel bereits sehen, der den Höhleneingang verschüttet hatte. Sie schöpfte Hoffnung und aktivierte ihre letzten Kraftreserven. Dabei übersah sie einen Kristall, der besonders weit aus dem Boden ragte. Sie blieb mit dem Fuß daran hängen und fiel der Länge nach auf den scharfkantigen Untergrund. Glücklicherweise war sie leicht genug, um keine schwerwiegenden Verletzungen davonzutragen, doch die Ungeheuer, die sie nun direkt hinter sich keuchen hörte, würden ihr vermutlich nicht nur Verletzungen zufügen. Sie versuchte sich aufzurappeln, aber es war zu spät. Sie konnte nur noch schreien, weil eines der übel riechenden Mäuler genau über ihr war.
Whirlwind spürte die Zähne der ersten Kreatur an ihrem linken Arm, den sie schützend über den Kopf gelegt hatte. Ein dumpfes Geräusch mischte sich in das laute Schreien der Angreifer, gefolgt von einem Schmerzensschrei. Das Ungeheuer ließ von ihr ab, und als Whirlwind zu blinzeln wagte, sah sie, dass es auf den Rücken fiel. Die beiden anderen Monster duckten sich erschreckt.

Verwirrt blickte Whirlwind sich um.
Sie sah Twister ein Stück höher im Geröll stehen. Er bückte sich gerade nach einem steinernen Brocken.
“Run, Whirlwind!”, schrie er und warf den nächsten Stein. Offenbar war er dazu verdammt, Whirlwind mit Steinwürfen vor Angreifern zu schützen. Er wäre froh, wenn er bei der Adumatur-Zeremonie endlich die ihm zustehenden Waffen erhielt. Und natürlich die Erlaubnis, Pfeil und Bogen auch zu benutzen.

that diesen
stalactite Tropfstein

Whirlwind rappelte sich auf, und als sie zu Twister hinaufgeklettert war, setzte auch sie die drei Ungeheuer unter Beschuss. Doch die ließen sich von den Steinen nicht mehr aufhalten. Sie kamen unerbittlich näher.
“We have to hit **that stalactite**!”, rief Twister Whirlwind zu, und die brauchte nur den Bruchteil einer Sekunde, um seinen Plan zu verstehen.
“One, two, three!”
Gleichzeitig warfen sie ihre Steine mit aller Macht auf den größten der Kristalle, der von der Höhlendecke hing. Und hielten den Atem an.
Die Wucht ihres gemeinsamen Wurfs half tatsächlich. Der Kristall wurde von der Decke gesprengt und sackte nach unten. Er bohrte sich mit der Spitze in den Kopf eines der Ungeheuer und spießte es auf. Die anderen Kreaturen hielten sich fassungslos die Arme über die Köpfe, während sie sich unter wütendem Gebrüll wieder tiefer in die Höhle zurückzogen. Der getötete Gefährte

blieb in seinem Blut zurück, vom Kristall auf dem Boden festgenagelt. Twister musste rasch wegschauen.
"Are you **hurt**? Let me see!" Twister hielt Whirlwinds Arm fest und betrachtete die Schnittwunden.
Whirlwind riss sich jedoch los. Obwohl sie völlig verausgabt war, machte sie sich sofort daran, den Geröllberg zu erklimmen.
"I'm all right. Come on, there's no time to **waste**. We have to get out of here – they might come back!"
Twister kletterte jetzt neben ihr. Das Geröll war hier noch viel lockerer geschichtet und geriet schnell ins Rutschen. Er schürfte sich die Beine auf, und Whirlwind schien es ebenso zu gehen. Ihr hübsches Gesicht, die langen Haare, Kleid und Flügel waren von grauem Staub bedeckt.

hurt verletzt
waste verschwenden
won't get through werden nicht durchkommen

Oben angekommen, blieben sie keuchend auf dem Geröll liegen. Von den Ungeheuern war nichts zu sehen. Offenbar war ihnen die Lust aufs Fressen nach dem Tod ihres Gefährten gründlich vergangen.
Trotzdem verschnauften sie nicht allzu lange.
"We have to clear away the stones or we **won't get through**."
Die Elfen waren zwar klein und zierlich, aber der Durchlass reichte trotz allem nicht aus. Gemeinsam stemmten sie sich gegen einen mittelgroßen Stein, aber dadurch wären sie beinahe erst recht ins Rutschen geraten, weil sie sich nirgendwo richtig abstützen konnten. Also klaub-

ten sie kleinere Steine aus den Zwischenräumen und warfen sie hinter sich in die Höhle, bis einer der größeren Steine so weit freigelegt war, dass sie ihn tatsächlich nach draußen schieben konnten.

Nun war der Durchschlupf groß genug. Whirlwind streckte als Erste den Kopf hindurch.

"What's the matter?", wollte Twister wissen, als Whirlwind keine Anstalten machte, durch die Öffnung zu klettern.

"Come and see." Whirlwinds Stimme klang ungewöhnlich matt. Twister war alarmiert, das kannte er nicht von ihr. Sie kroch nach draußen und gab den Durchgang für ihn frei.

Als er sich endlich hindurchgezwängt hatte, wurden seine schlimmsten Befürchtungen bestätigt.

Nichts sah mehr so aus wie zuvor.

The Ceremony

And here is my **legacy** *to the elf-girl who will save our world. She will be the keeper of our secrets and wisdom, and she will pass them on to her children, and they will pass them on to her* **grandchildren**. *And none of them will be condemned to be immortal. The Little Folk will be free and will never be* **oppressed** *by anyone again.*

"Was ist passiert? Ist den anderen Elfen etwas geschehen?" Laura sah Alban mit großen Augen an.
"Das Geröll erstreckte sich nun bis in den Wald hinein, und über dem Tal der Elfen lag eine riesige Staubwolke. Obwohl die Sonne noch nicht untergegangen war und der Riss im Himmel noch weiter zu klaffen schien, war sie vor lauter Steinstaub fast gar nicht mehr zu erkennen."
Alban schlug die Seite um. Im leuchtenden Licht der Vergangenheit sah Laura den Ausblick, der sich Twister und Whirlwind vom Abhang hinunter bot.

"Where are the others?", flüsterte Twister. "What **have** you **done**?" Er sah Whirlwind an, die kreidebleich und staubig neben ihm stand und ebenso fassungslos auf das Chaos ringsum blickte.
Es dauerte einen Moment, bis sie ihre Stimme wiederfand.

legacy Vermächtnis
grandchildren Enkel
oppressed unterdrückt
have done hast getan

"I did what Babaal told me to do. It was important, and I **haven**'t **finished** yet."

"Why didn't you tell me –", begann Twister, doch Whirlwind fiel ihm ins Wort.

"Because I wasn't allowed to! Didn't you wonder why Babaal wanted to talk to me alone before we **left**? I would have put the mission in danger if I'd told you about it! I shouldn't even tell you now."

Twister schluckte. Es hatte noch niemals Geheimnisse zwischen ihm und Whirlwind gegeben. Doch wenn es jetzt so war, musste es wirklich etwas Wichtiges sein. Er richtete sich auf.

"All right. I suppose you must have your reasons. But we have to go back to the others now."

"Yes, we do. But … Twister?"

"Yes?"

"Please don't be angry with me. I would have told you if Babaal hadn't made me promise not to."

"It's all right. Really."

Sie kletterten über das Geröll den Abhang hinunter und riefen immer wieder die Namen der anderen, doch sie bekamen keine Antwort.

have finished bin fertig
left gegangen sind

"Can you see them?", fragte Whirlwind, als sie am Waldrand angekommen waren.

"No, I can't see anybody."

Wieder riefen sie, wieder erhielten sie keine Antwort. Whirlwind begann zu glauben, dass sie einen großen Fehler gemacht hatte.

"I should have warned them", sagte sie, als sie in den Wald hineingingen, bis Twister eine Hand auf ihre Schulter legte.

stuck hängen geblieben
get down herunterkommen

"You know they would have tried to stop you. I didn't want you to go inside the cave either."
Vermutlich hat er recht, dachte Whirlwind, doch trösten konnte es sie nicht. Ihre Freunde waren verschwunden, vielleicht sogar tot.
"Hey! Can someone help me out of this tree?", schallte Loonas Stimme plötzlich zu ihnen herunter.
"Loona! You're alive!", schrie Whirlwind.
"Yes, but I'm **stuck** in this tree. I don't know how I got up here. I climbed it when the landslide came, and now I can't **get down**."
Schneller als man es ihm zugetraut hätte, war Twister hoch hinauf in den Baum geklettert und befreite Loona, die mit ihrem Kleid in einer Astgabel hängen geblieben war und sich so unglücklich verheddert hatte, dass sie alleine nicht mehr hinunterkam. Hier oben hatten ihr die Gesteinsbrocken nichts anhaben können. Der Baum war dick genug gewesen um der Geröllawine standzuhalten.
Loona und Whirlwind fielen sich in die Arme, und Whirlwind erklärte in wenigen Worten, was sich zugetragen hatte. Gemeinsam zogen sie weiter und suchten die anderen. Firebird fanden sie in einer Höhle, deren Öffnung von der Lawine abgewandt war. Dragonqueen entdeckte sie von oben – sie hatte einen Erkundungsflug

hurry uns beeilen

unternommen und war erleichtert, ihre vier Gefährten wohlauf im Wald zu sehen.
"We thought you were dead", sagte Firebird gerade vorwurfsvoll zu Twister und Whirlwind, als Dragonqueen neben ihnen landete.
Diesmal übernahm es Twister, zu erklären, weshalb Whirlwind getan hatte, was sie tun musste.
"We must **hurry** and bring the crystals back to our valley. And please – I don't want to talk about it any more. I've already said too much."
Niemand sagte mehr etwas.
Sie machten sich auf den Weg zurück.

Müde und staubig kam das kleine Grüppchen schließlich im Elfendorf an. Der Abstieg ins Tal war weniger steil gewesen als erwartet, weil die gesamte Steilwand mit der Treppe in sich zusammengesunken war. So schnell es die lockeren Steine zuließen, kletterten die Elfen bergab. Sie mussten dabei aufpassen, keine neuen Lawinen auszulösen, aber irgendwann wurde der Hang flacher. Sie begrüßten diesen Umstand, denn es wurde dunkler und sie konnten nicht mehr so gut erkennen, wohin sie traten.
Soweit sie erkennen konnten, hatte das Geröll keinen weiteren Schaden im Dorf angerichtet.
"They're back!", erklang mit einem Mal Lavenders Stimme, als sie sich den Elfenbehausungen näherten. Die anderen Elfen kamen von überallher herbeigelaufen und umarmten die Heimkehrer stürmisch.

"I can't breathe!", japste Whirlwind, als Lavender sie an ihren Busen zog. Alle bedrängten Twister und sie, zu erzählen, was vorgefallen war, doch sie überließ es Twister, den Bericht zu liefern. Sie musste zu Babaal.
Es gab noch etwas Wichtiges zu erledigen.

Babaal war nicht auf dem Marktplatz aufgetaucht. Als Whirlwind die Tür zu seinem Häuschen öffnete, saß er in seinem Sessel, halb schlafend. Noch nie war er ihr so winzig und alt vorgekommen wie in diesem Moment.
"Babaal, it's me, Whirlwind!"
Er öffnete die Augen und ein Lächeln huschte über sein zerfurchtes Gesicht.
"I knew you would come back. And you have the crystals."
Das war keine Frage sondern eine Feststellung. Sicher hatte er mit Hilfe seines Amuletts ihre Gedanken erkundet.
"Yes, Babaal. They're here, in my pocket. Now we need the Three Shells of Wisdom."
Zitternd erhob sich Babaal, schwer auf seinen Stock gestützt. Die letzten Stunden schienen Lebensenergie aus ihm herausgesaugt zu haben. Er mochte unsterblich sein, doch er war auch unglaublich müde.
Er ging zu dem Schrein, in dem sich die Muscheln befanden, und bat Whirlwind, das kleine Tischchen, das neben seinem Sessel stand, nach draußen vor die Tür zu tragen. Er folgte ihr, stellte den Schrein auf den Tisch und öffnete den Deckel. Währenddessen holte

Whirlwind die Kristalle aus der Tasche, die noch in die Kaluablätter gewickelt waren, und wollte sie Babaal geben.
"No! I cannot do it. I have to be released from the curse. You must do it."
"How do I put them together? Is there a **special** way?"
"Put the crystals into the **shrine**. **First** the white one, then the red one. Then close it and wait."
Babaal tat etwas Seltsames. Er nahm sein Amulett vom Hals und hängte sich die Kette über den Arm. Dann nickte er Whirlwind zu, als Zeichen, dass sie beginnen möge.
Vorsichtig wickelte sie den weißen Kristall aus und legte ihn zu den drei Muscheln. Dann war der rote Kristall an der Reihe. Sie spürte weder Hitze noch Kälte, als hätten sie diese bei der Trennung von Gemroc verloren. Auch leuchteten sie nur noch schwach. Als sie die beiden Kristalle zwischen den Muscheln platziert hatte, verschloss sie sorgfältig den Deckel und starrte den Schrein an.

special besondere
shrine Schrein
first zuerst

Erst geschah überhaupt nichts. Die Sekunden dehnten sich zu Minuten.
Schließlich konnte sie zwischen Schrein und Deckel einen blauen Schimmer erkennen. Der Deckel sprang auf, als hätte der gleißend weiße Lichtstrahl ihn einfach hochgedrückt. Das Licht schien von tief drinnen im Schrein zu kommen, von viel tiefer, als das Kästchen überhaupt war.

"It comes **straight** from the heart of the earth!", flüsterte Babaal und sah zu, wie das Licht in den Himmel strahlte wie ein riesiger Zeigefinger. Der milchige Schleier, der den Himmel seit der Machtergreifung des Mighty Shadow getrübt hatte, riss dort, wo der Strahl auf ihn traf, noch weiter auf, und der Schein flutete über den weiten Himmel, obwohl es fast Nacht war.

straight direkt
is turning wird

Babaal und Whirlwind traten zu den anderen Elfen, die fassungslos dastanden, den Kopf in den Nacken gelegt, das Spektakel am Himmel betrachtend.
Alles um sie herum strahlte.
"Look! It**'s turning** green!", rief Loona, und die Elfen sahen zu, wie sich der Geröllabhang mit saftigem Gras überzog. Überhaupt wirkten alle Farben viel frischer, nun da der milchige Schleier vollkommen vom Himmel verschwunden war.
Langsam wurde das Licht wieder schwächer, bis es sich völlig in den Schrein zurückzog und schließlich ganz verlosch.
"I can see stars!", jubelte Twister, der die Gestirne nur aus Babaals Erzählungen kannte. Durch den dunstigen Schleier waren sie bestenfalls zu erahnen gewesen.
Whirlwind sah sich um. Konnte das tatsächlich die Erlösung sein?
Während des allgemeinen "Ah!" und "Oh!" hatte niemand auf Babaal geachtet. Doch nun durchzuckte ein Schrecken die Elfenschar, als sie schließlich in seine

Richtung blickten. Vor ihnen stand ein Riese. Bevor Panik ausbrechen konnte, versuchte Whirlwind, die anderen zu beruhigen.
"**Don't panic!** It's just Babaal! He**'s become** a human being again! The curse has been lifted from all of us!"
Babaal in dieser Größe flößte ihnen Angst ein, und so brauchten die Elfen eine Weile, bis sie begriffen, was Whirlwind ihnen sagen wollte. Schließlich war sie bislang die Einzige gewesen, die wusste, dass Babaal einst ein Mensch und von Mighty Shadow zu ewigem Leben verdammt worden war.
Doch die Elfen verstanden, dass nicht nur Babaal, sondern dass auch sie erlöst waren,
Jubel schwoll an. Zunächst verhalten, doch schließlich drangen Rufe aus allen Elfenkehlen.

Don't panic! Keine Panik!
has become ist geworden

"Whirlwind, tell me what happened!", bat Twister.
"I brought together rejected love, innocence, and wisdom", sagte sie nur, nahm Twister in den Arm und lief dann hinüber zu Babaals Haus. Der Schrein war nur noch ein verkohlter Haufen Asche – einzig die Muscheln lagen nebeneinander auf dem kleinen Tischchen.
Whirlwind nahm sie in ihre Hände und wurde sogleich von einem seltsamen Gefühl durchströmt. Es fühlte sich an, als würde sie die Antwort auf alle Fragen kennen.
"Whirlwind, you are now the keeper of the knowledge and wisdom of our people", sagte Babaal über ihr. "I pass it on to you."

Seine Stimme war lauter und tiefer geworden. Er war noch immer alt, doch er wirkte glücklich und nicht mehr so entsetzlich müde. Er wusste, dass seine Tage auf Erden nun gezählt sein würden.
"Before I leave, there is one last thing I must do." Er wandte sich Twister und Whirlwind zu. "The Adumatur Ceremony cannot wait any longer. Whirlwind, soon you will be the one who **performs** the ceremony, but today it's still my duty." Er blickte zu Loona, die bei Firebird und Dragonqueen stand. "Can we meet in half an hour?"
Loona nickte und zog Whirlwind mit sich, dorthin, wo sie das Kleid für die Zeremonie abgelegt hatte. Es war unversehrt.
Whirlwind stand mit weit aufgerissenen Augen vor ihrer Schwester.
"Loona, it's so beautiful!"
Loona lächelte. Sie war froh, dass Whirlwind sich über das Gewand freute, wo sie doch bisher alles, was mit der Adumatur-Zeremonie zusammenhing, mürrisch abgetan hatte.
"This **adventure** has already made you an adult. The ceremony **will confirm** it."
Loona nahm ihre schöne Schwester in den Arm. "I'm so glad you're alive!", flüsterte sie ihr ins Ohr. Eine Träne der Erleichterung für auf Whirlwinds Haar.
Sie half Whirlwind in das weiße Kleid, dessen Seide mit Hunderten schillernder Perlen bestickt war. Bis zur Hüfte

performs durchführt
adventure Abenteuer
will confirm wird bestätigen

hinunter war es eng geschnitten, der Rock war weit und fiel wie eine Kaluablüte bis über Whirlwinds Knöchel. Übermütig fing sie an, sich zu drehen. Der Rock flog in die Höhe, und als Whirlwind innehielt, wirkte ihr Rock tatsächlich wie ein auf den Kopf gestellter Wirbelwind.

Sie liefen zur Lichtung, wo sich die anderen Elfen versammelt hatten. Ein eilig entfachtes Feuer tauchte den Platz in warmes Licht.

Die Windsängerinnen und die Sonnensängerinnen hatten sich am Waldrand aufgestellt. Normalerweise kündigen sie den Sonnenaufgang an oder sangen, wenn der Wind auffrischte. Doch zur Adumatur-Zeremonie waren sie alle erschienen, weil niemand lieblichere und feierlichere Töne hervorbringen konnte als sie.

Zu ihren Füßen saßen die Obotrommler. Obos wuchsen an niedrigen Ranken, waren groß und rund und besaßen süßes Fruchtfleisch. Loona fand sie nicht so schmackhaft wie Kaluafrüchte, aber Whirlwind freute sich stets auf diesen Leckerbissen. Die Elfen höhlten die Obos aus und ließen sie austrocknen. Wenn die Obotrommler sie schließlich bearbeitet hatten, waren die Früchte kaum wiederzuerkennen. Sie fühlten sich in getrocknetem Zustand hölzern an. Mit komplizierten Loch- und Linienmustern verziert, dienten sie vor allem der musikalischen Untermalung der Adumatur-Zeremonie. Mitunter saßen die Obotrommler jedoch auch so vor ihren Häusern, ließen kurze Kaluastöckchen auf die Obos sausen und erfreuten sich an der Musik.

Loona betrachtete die beiden Adumatur-Elfen. Sie ertappte sich bei dem Gedanken, dass Twister und Whirlwind ein schönes Paar abgeben würden.
Babaal stand vor ihnen. In der linken Hand – zwischen zwei Fingern, weil seine Hand nun menschliche Größe hatte – hielt er den mit Schnitzereien verzierten Zeremonienstock Adumar. Sein Amulett hatte er am Handgelenk befestigt. Seine Kleidung war mitgewachsen, und unter dem verzierten Umhang hätte er vielen Elfen Unterschlupf gewähren können, so groß war er nun.
Babaal breitete die Arme aus, woraufhin Twister und Whirlwind die Augen schlossen.
Der erste Obotrommler schlug einen einfachen Rhythmus, der nach kurzer Zeit von den andern Trommlern aufgenommen wurde. Bald wurden sie lauter und schneller. Loona begann, sich wie in Trance zu fühlen. Langsam variierte der Rhythmus, wurde kunstvoller, und schließlich fielen die Windsängerinnen mit hoher Stimme ein:

We've heard many ***tales***
About the rock of Gemroc
And the day will come
When the rock ***shines bright****.*

tales Erzählungen
shines leuchtet
bright hell

Brave fighters will go there
To the rock of Gemroc
To break the curse
And bring back the light.

Loonas Flügel begannen zu vibrieren. Sie liebte diese Zeremonie, und heute war sie ganz besonders von ihr berührt. Der Gesang schwoll an; die hohen Stimmen der Sonnensängerinnen waren jetzt ebenfalls auszumachen.

Am Himmel schimmerte der erste goldene Schein der Morgendämmerung. Die erste helle, klare Morgendämmerung, dachte sie.

Eine einzige Handbewegung von Babaal, und es lag Totenstille über der Großen Lichtung.

Babaal ging mit einer kleinen Obofrucht auf die Jungelfen zu, die ihm zuvor von Loona gereicht worden war, die diesmal die Ehre hatte, Babaal bei der feierlichen Handlung zu assistieren. Auch diese Obofrucht war halbiert und ausgehöhlt und diente als rituelles Trinkgefäß. Welcher Art das Getränk war, das sich darin befand, war ein Geheimnis, das Babaal den Muscheln anvertraut hatte.

responsible verantwortliches
power Macht

Whirlwind würde die Nächste sein, die darüber Bescheid wüsste.

Er trank davon, dann beugte er sich tief hinunter, um Twister das Gefäß zu reichen. Der öffnete die Augen und nahm einen Schluck.

Babaal wiederholte die Sätze, die die Wind- und Sonnensängerinnen gesungen hatten, und fragte dann: "Twister, do you promise to live a **responsible** life and do everything in your **power** to protect the Little Folk?"

"I promise."

Babaal nickte und tippte Twister mit dem Stab Adumar an die Stirn.
Dann wiederholte er die Zeremonie mit Whirlwind. Loona hatte Tränen der Rührung in den Augen, als Whirlwind ihr Gelübde ablegte.

Der alte Alban klappte das Buch zu. Das magische Licht verschwand, es war fast dunkel im Zimmer.
Alban hatte die Augen geschlossen. Laura blickte auf das winzige goldene Amulett, das an einer schmalen Kette an seinem Handgelenk baumelte, und verstand. Es war länglich, mit einer Mondsichel in der Mitte, besetzt mit schwarzen Kristallen.

PETRA A. BAUER
The Pirates of Plymouth
Die Piraten von Plymouth
Langenscheidt
ENGLISCH
KRIMIS FÜR KIDS
DEUTSCH
A Ride to Happiness
Der Ritt ins Glück
Girls in Love
Englisch | Deutsch
KARIN GRÜNING
CHECKMATE
SCHACHMATT
Langenscheidt
ENGLISCH
WORLD OF
FANTASY
DEUTSCH
Invasion on Mars
Invasion auf dem Mars
Kris Benedikt
Langenscheidt
BoyZone
EnglischDeutsch